ALEX LIGHT

Comme dans les Livres

Traduit de l'anglais (É

par Brigitte Hébert

hachette
ROMANS

Couverture : © Corina Lupp
Illustration de couverture : © Jordi Labanda

Traduit de l'anglais (États-Unis) par Brigitte Hébert

L'édition originale de cet ouvrage a paru
chez HarperTeen, an imprint of HarperCollins, sous le titre :
The Upside of Falling

Hachette Livre, 58 rue Jean Bleuzen, 92170 Vanves.

À mon moi âgé de dix ans
qui rêvait de publier un livre.

Becca

Je me souviens de certaines journées comme si elles s'étaient déroulées hier. Comme le matin d'été où ma mère a enfin réussi la cuisson de son gâteau. Étrange coïncidence, c'est le jour où notre appartement a cessé d'empester la fumée de cigarette. Je me souviens aussi du jour où j'ai réussi à rouler à vélo sans les petites roues, j'avais dix ans… Mais conserver des souvenirs n'est pas toujours agréable. Je donnerais n'importe quoi pour en oublier certains : le jour où mon père est parti. Ou la première fois que j'ai raté un contrôle de maths.

Et puis, il y a les journées qui forment la majeure partie de la vie, ces journées insignifiantes qui se fondent les unes dans les autres… J'ai pris l'habitude de terminer chacune d'entre elles en me posant la question : vaut-elle la peine de s'en souvenir, ou bien faut-il l'oublier ?

Aujourd'hui, ce sera un aller simple pour les oubliettes. Et la première heure de cours n'a pas commencé !

Je suis assise, le dos calé contre le seul chêne d'Eastwood High, avec mon livre sur les genoux. C'est mon coin préféré sur le campus, derrière le terrain de football, assez loin pour être tranquille, mais pas totalement isolée. Je vois les joueurs de l'équipe de foot s'entraîner torses nus. Il fait toujours chaud en Géorgie, même en automne, mais je suis persuadée que si la température descendait en-dessous de zéro, ce serait pareil : ils aiment montrer leurs abdominaux.

Je lève les yeux de temps à autre pour leur jeter un coup d'œil. Un tout petit coup d'œil, mais suffisant pour remarquer les spectateurs qui s'agglutinent le long du terrain. Des spectatrices, plutôt. Elles sont motivées pour se réveiller aux aurores et venir regarder les joueurs de foot… Moi aussi, mais c'est pour venir chercher la paix !

Je pensais que ma passion pour les romans d'amour mourrait avec le divorce de mes parents. Mais non, c'est tout l'inverse : j'ai toujours davantage envie d'en lire. Au moins deux livres par semaine, pourtant je trouve que je n'en lis jamais assez. Comme si l'amour n'existait pas dans la réalité mais ne pouvait se vivre qu'en fiction. Entre les pages, on est à l'abri : le chagrin est limité, il n'y a pas de séquelle, pas d'onde de choc. D'ailleurs, ce n'est pas pour rien que les romans d'amour se terminent toujours juste après l'union d'un couple : personne n'a envie de voir leur bonheur se transformer en malheur. N'est-ce pas ?

Je sursaute quand j'entends la cloche sonner. Le livre tombe dans l'herbe, je le ramasse en vitesse pour qu'il ne se tache pas. Je rassemble mes affaires, je me dépêche de redescendre la colline puis de longer le terrain jusqu'au lycée. Les couloirs aux casiers bleus sont maintenant remplis d'élèves qui se bousculent. C'est amusant d'observer les Secondes courir comme si leur vie en dépendait, alors que les Terminales traînassent comme si les lois du temps ne s'appliquaient pas à eux.

Je me hâte vers la salle d'anglais, je n'aime pas être en retard. Pas que je sois lèche-botte, mais celui qui arrive en retard se fait mater sous toutes les coutures par ceux qui sont déjà assis, et je déteste ça.

— Bonjour, Miss Copper !

La prof me répond par un grognement, sans quitter son ordinateur des yeux. Ah-ah, certaines habitudes ne changeront jamais : on peut toujours compter sur sa mauvaise humeur.

Une fois assise au dernier rang, je reprends ma lecture. Les héros s'embrassent… C'est vrai que l'amour efface tout le reste ? Qu'il permet à chaque héroïne de se sentir vivante ? Elle ne l'était donc pas déjà *avant* de rencontrer l'âme sœur ? Ou bien elle était dans un état de zombie ? Comment l'amour peut-il tout changer, et pourquoi n'en ai-je pas marre de ces bêtises si éloignées de la réalité ?

Mes pensées sont interrompues par deux filles qui s'installent non loin de moi. L'une rajuste son col de chemise, l'autre ébouriffe ses cheveux. Les deux fixent la porte des yeux. Une seule explication : Brett Wells entre en classe, pareil à un soleil radieux, envoûtant. Le temps semble suspendu quand il sourit à la prof. Il se dirige ensuite vers la rangée devant moi. Je vérifie sur l'horloge que l'aiguille avance toujours, sait-on jamais. Je dois reconnaître que ce garçon est la seule personne capable de brouiller la frontière entre réalité et fiction.

Avec sa chevelure plus dorée que brune, son sourire inoxydable, sa perfection naturelle, on se noierait avec délice dans ses yeux bleus. Je pourrais même croire qu'il est tout juste sorti d'un de mes livres pour se matérialiser devant moi. Pas étonnant que la gent féminine se liquéfie devant lui. Même les profs. Sans mentir, je crois bien que Miss Copper a rougi. *Beurk*.

Pour compléter ce rêve ambulant, il paraît que ses parents seraient les plus généreux donateurs de toute l'école : l'an dernier, ils auraient aligné un paquet de dollars pour rénover le terrain de football. Des riches. Pourquoi ? Aucune idée. Ce qui est vrai de vrai, c'est qu'à la rentrée de septembre, les poteaux de but étincelaient de blanc, la peinture était toute récente et les gradins flambants neufs. Finis la rouille et les chewing-gums multicolores collés dessus. Les Wells étaient passés par là.

Je fixe la veste bleu marine posée sur sa chaise. On dirait un drapeau annonçant : « Brett Wells, capitaine de l'équipe de football ». Je ne sais rien de lui en dehors des rumeurs qui circulent sur les chèques distribués par ses parents. Je me demande s'il est aussi gentil qu'on le dit. Et s'il est vrai que sa vie sentimentale est un désert. Avec une tête pareille, c'est louche.

— Becca ? Tu pourrais répondre à ma question, si ce n'est pas trop te demander ?

Zut, Miss Copper.

Je sens mon cou s'échauffer, puis mes joues. Une seconde plus tard, mes orteils bouillonnent aussi.

— Euh… C'était quoi la question ?

— Je t'ai demandé la définition des amants maudits.

C'est bon, j'ai révisé.

— Ce sont deux personnes dont l'amour est condamné. Il y a tellement de forces qui luttent contre elles que même les étoiles n'arrivent pas à s'aligner au-dessus de leurs têtes.

Miss Copper écrit ma réponse au tableau. Le crissement de sa craie trouble le silence qui s'est installé dans la classe. Mon rythme cardiaque revient à la normale… jusqu'à ce que la prof m'interpelle à nouveau :

— Est-ce que tu penses que ça vaut la peine de se battre malgré tout ? Roméo et Juliette par exemple, ils n'ont jamais renoncé, alors que leur amour était voué à l'échec, non ?

En général, je m'abstiens de participer en cours, mais quand il s'agit d'amour en littérature, c'est plus fort que moi, je lance des minis-coups de gueule.

— Ils auraient mieux fait de s'abstenir ! L'amour a détruit leur vie. À quoi ça sert d'aimer quand on sait qu'on ne pourra pas être avec l'autre ?

J'essaie de calmer mes nerfs en tapotant la table avec mon crayon, et je m'oblige à ignorer les curieux qui se retournent pour me dévisager. Je connais trop bien l'expression de leurs visages, j'y suis habituée. Les mêmes sourcils levés que ceux de ma mère ou de ma meilleure amie. Je refuse leur pitié ou leur réconfort, j'ai ma théorie et je ne transigerai pas : l'amour est destructeur, l'amour est dangereux. Il est plus sûr entre les pages, mes livres me suffisent comme expérience. Il n'y a qu'à relire *Roméo et Juliette*, une tragédie à 100 %. Devrais-je me faire du souci pour une rivalité familiale qui durerait depuis un siècle entre mon amoureux inexistant et moi-même ? Jamais de la vie.

Lorsque Brett se retourne, sourcils froncés, je baisse les yeux sur mon cahier pour éviter son regard. La couverture est remplie de chiffres surlignés en jaune fluo, au stylo, au crayon, tout ce qui m'est tombé sous la main : c'est le compte à rebours jusqu'au diplôme, quand je pourrai enfin quitter ce lycée et ces visages inquisiteurs.

Encore une année scolaire.

Une main se lève.

— Je ne suis pas d'accord avec elle, déclare Jenny McHenry.

Elle porte un uniforme de pom-pom girl de la même couleur que la veste de Brett. Elle poursuit :

— L'amour vaut la peine qu'on prenne des risques, même s'il se termine mal.

Des élèves acquiescent, Miss Copper aussi, ça me rend furax. Je rétorque :

— Mais ce n'était pas juste du chagrin d'amour pour Roméo et Juliette : ils sont morts !

— Ils sont morts l'un pour l'autre, c'est beau, dit un autre élève.

— Même s'ils ne mourraient pas, l'histoire se terminerait avant qu'ils en aient marre d'être ensemble, évidemment ! Parce que l'amour ne dure pas, et ce n'est pas non plus une potion qui s'avale. Shakespeare a essayé de le montrer. Roméo et Juliette meurent parce qu'ils étaient trop naïfs et qu'ils croyaient que leur amour mettrait fin à la guerre.

— Facile de dire ça pour toi, ricane Jenny.

La classe se tait.

— Euh... Qu'est-ce que tu veux dire ?

— Que c'est facile de ridiculiser l'amour quand on ne l'a jamais connu.

Ses mots me frappent comme un coup de poing.

Ils sont insignifiants, mais le truc, c'est que Jenny et moi étions très amies au début du lycée. Quand nous sommes entrées en première, Jenny ne portait plus d'appareil dentaire, elle avait grandi de plusieurs centimètres (tout comme certaines parties de son corps) pendant l'été, et je ne l'intéressais plus. D'un coup, elle était devenue populaire. Elle a rejoint l'équipe des pom-pom girls, accumulé les copains... et les chagrins d'amour. Elle s'est mise à me faire la morale, à me donner des conseils en matière d'amour. Elle se montrait condescendante parce que j'étais toujours célibataire. Comme si elle et moi n'étions pas dans le même bateau quelques mois auparavant. Comme si le fait d'avoir des copains la transformait en experte de la romance… N'importe quoi.

Au début, je l'ai supporté, après j'en ai eu marre.

Jenny ne connaît pas les détails du divorce de mes parents, mais elle sait que mon père ne vit plus à la maison. Pas surprenant vu le temps qu'elle passait chez moi. Je ne lui en ai jamais parlé, elle n'a jamais rien demandé. Sa remarque n'est donc pas l'insulte planifiée d'une personne qui viserait mon point faible. C'est juste une coïncidence. Une coïncidence qui fait mal.

— On n'a pas besoin d'être amoureux pour comprendre, dis-je.

— Si, répond Jenny avec un regard de biais au roman posé sur ma table. Il y a ce qu'on lit dans les livres et ce qu'on vit. Les vrais sentiments, c'est différent… Cela n'a rien à voir.

Je me dépêche de dissimuler la couverture avec mon cahier.

— Merci, Jennifer. Le sujet est clos, intervient Miss Copper.

La prof nous distribue ensuite un document et annonce que le reste du cours sera consacré à un travail silencieux. Quand elle prononce « silencieux », j'ai droit à son haussement de sourcils. Super.

Je griffonne des réponses sans enthousiasme, tout en cogitant sur les paroles de Jenny. Elle a tort. J'en sais beaucoup sur l'amour. Il est de deux sortes :

1) l'amour réel, 2) l'amour fictif. L'amour réel est celui qui unissait mes parents – du moins je le croyais – avant leur divorce. L'amour fictif est celui que je préfère depuis.

Je secoue la tête dans l'espoir que ces pensées ressortiront par mes oreilles, et tente de me concentrer. Quand je lève les yeux, je remarque Brett qui me dévisage. On dirait qu'il lit dans ma tête. Pire, dans mon cœur. Je pousse un soupir de soulagement quand la cloche sonne.

Comme je l'ai dit, cette journée prenait la direction des oubliettes… jusqu'à ce que ce ne soit plus le cas.

Ça s'est passé devant mon casier, alors que j'en sortais mon manuel de biologie. Une ombre a surgi et tiré le roman qui était coincé sous mon bras.

— Toujours obsédée par tes bouquins !

Jenny. En train de contempler la couverture de *Si je t'appartenais* avec une grimace

— Le mec torse nu, évidemment ! Et elle, avec ses seins gros comme des ballons de foot, c'est pitoyable.

Je lui arrache le livre et le remets à l'abri sous mon bras.

— Franchement, Becca, tu ne trouves pas que ces histoires d'amour sont totalement irréalistes ?

— C'est ce qui les rend agréables, je marmonne.

— Pas étonnant que tu sois aussi négative en cours. Si tu ne lis que ça, bonjour les déceptions.

C'est reparti. Comme madame a plusieurs copains au compteur, elle se prend pour le gourou de l'amour, chargé de transmettre sa science aux pauvres mortels sans expérience. Quel altruisme.

Si elle savait pour mes parents, elle comprendrait peut-être que j'ai une bonne raison d'être devenue rabat-joie. Et qu'on est parfois obligé de laisser partir un être aimé.

— J'ai cours. Enregistre ta séance de thérapie pour une prochaine fois, OK ?

Jenny ne relève pas l'ironie, trop occupée à jouer son rôle.

— Tes parents n'en parlent jamais avec toi ?

Je me fige. Ce mot. Parents. Au pluriel. Ce qui sous-entend qu'ils sont toujours deux à la maison.

— Me parler de quoi ?

— De ta vie amoureuse. Je me souviens de ta mère nous racontant son premier amour au lycée. Elle avait des étoiles plein les yeux, tu as oublié ? Elle nous souhaitait de vivre une histoire aussi belle que la sienne. Elle serait épatée si elle savait pour moi, hein !

Cette fille, quel cliché. Parce que c'est un problème d'être célibataire à dix-sept ans ? De ne pas avoir envie de tenir son copain par la main ou tous ces trucs niais que font les couples dans la cour du lycée ? Pourquoi les autres ne sont-ils pas capables d'accepter qu'une fille préfère rester seule ? Ils n'ont qu'une obsession, la voir tomber amoureuse le plus vite possible.

Je ne sais pas comment ce qui suit est possible, comment cela peut sortir de ma bouche aussi facilement. Parce que Jenny m'a abandonnée pour la popularité ? À cause de ses commentaires sarcastiques sur mon absence de relation amoureuse ? Ou bien pour protéger mes livres, mes chères bouées de sauvetage qui me confirment chaque jour que j'ai raison sur l'existence d'une seule sorte d'amour.

Je l'ignore, mais voilà ce que je réponds :

— Ma mère n'a pas besoin de me harceler, elle sait que j'ai un copain.

J'attends que le sol se mette à trembler sous mes pieds, que les murs s'effondrent, que le plafond me tombe sur la tête et m'ensevelisse sous les décombres, j'attends que le mot MENTEUSE me grille le front. J'attends surtout que mon ex-meilleure amie explose de rire en faisant remarquer que je mens comme une arracheuse de dents. Mais au lieu de tout ça, je vois sa mâchoire se décrocher et je comprends à quel point elle est différente de celle qu'elle était à quinze ans.

— Qui ça ? s'exclame-t-elle.

Mon cerveau turbine pour trouver une réponse. Un nom. N'importe qui. J'ai les paumes moites, tous mes héros fictifs s'envolent de mes pensées.

À l'instant où je suis sur le point de renoncer, un bras s'enroule autour de ma taille et des doigts viennent s'enlacer aux miens.

Je relève lentement la tête : Brett. Il me sourit.

— Salut, toi !

C'est comme si je me réveillais après une sieste éclair, ou si j'avais raté les dernières minutes de ma vie.

— Salut… Brett.

Sa main est dans la mienne. Comment est-elle arrivée là ?

Allez, Becca, joue le jeu, me crie le regard insistant de Brett.

Les yeux de Jenny font des allers-retours entre lui, moi et son bras accroché à ma taille.

— Vous sortez ensemble ? bafouille-t-elle.

Je m'apprête à nier, parce que c'est complètement ridicule, mais Brett déclare avec naturel :

— Oui. Depuis cet été, hein, Becca ?

Je tente de secouer mon cerveau pour qu'il envoie des signaux à ma bouche et que celle-ci exécute les ordres. Parler, quoi. Mais je ne parviens qu'à hocher faiblement la tête.

— On voulait le garder pour nous, susurre Brett, le sourire jusqu'aux oreilles, comme s'il auditionnait pour un film hollywoodien.

Jenny est statufiée. Mes mains tremblent. Brett est aussi calme que l'eau qui dort, alors que mes entrailles vivent un tsunami.

— Je ne vous crois pas une seconde, gronde Jenny.

Cette fille est tellement cruelle. Pourquoi cela ne pourrait-il pas être vrai ? Le souvenir de la rentrée de première resurgit. J'étais heureuse, pressée de retrouver Jenny pour lui raconter mes vacances. Quand je l'ai abordée dans le couloir, elle ne m'a même pas laissée en placer une. Elle s'est contentée de ricaner en disant : « On se connaît ? », avant de me planter pour rejoindre ses nouveaux amis.

Alors pourquoi ce serait impossible ? À cause d'une différence de milieu social ? Brett ne peut pas s'intéresser à une fille de parents divorcés qui passe son temps à lire sous un arbre ? Il lui faut quelqu'un de riche, de populaire… Quelqu'un comme Jenny, par exemple ?

Brett reste imperturbable, comme si cela faisait partie de sa routine habituelle. Comme s'il était écrit à la date d'aujourd'hui dans son agenda : « Faire semblant de sortir avec Becca Hart avant la deuxième heure de cours. » Fastoche.

— C'est une répétition en direct pour le cours de théâtre ? demande Jenny sur un ton ironique.

— Pas du tout, dis-je en serrant plus fort la main de Brett.

Un geste qui se retourne contre moi, parce que Jenny glapit aussitôt :

— Prouvez-le.

Brett se place alors devant moi, le dos tourné à Jenny. Il prend mon visage entre ses mains et murmure :

— Embrasse-moi.

Son visage n'est plus qu'à quelques centimètres du mien, j'ai l'impression que mon cœur s'enfonce, se rétracte jusqu'au centre de la terre. Et, waouh, mes livres avaient un peu raison à propos de tout ce fatras de baiser-qui-arrête-le-temps… Parce qu'avec les lèvres de Brett sur les miennes, c'est un peu ce qui arrive.

Brett

Un quart de seconde plus tard, la première pensée qui me traverse l'esprit, c'est que je n'aurais jamais dû faire ça.

Les bras de Becca sont toujours autour de mon cou, elle me regarde avec de grands yeux éberlués. On est encore si près que je pourrais compter les taches de rousseur sur son nez. Ses cheveux forment un flou artistique, comme un enchevêtrement de soleil.

Je n'embrasse jamais les inconnues. D'ailleurs, je n'ai jamais vraiment embrassé qui que ce soit, sauf cette fille quand j'étais au collège.

Jenny ne nous lâche pas d'une semelle pendant toute la durée du baiser, mais quand je me retourne, je la vois qui s'éloigne.

— Alors ? je demande à Becca. Ça va ?

Elle tousse. Ses yeux se posent sur chaque point du couloir à l'exception de mon visage.

— Ouais, marmonne-t-elle.

— Pas mal comme baiser, non ?

J'essaie de ne pas rire.

Ses yeux se posent enfin sur moi. Elle a les joues rouges. La couleur engloutit ses taches de rousseur.

Elle ramasse soudain son sac, un livre toujours serré sur sa poitrine.

— Je dois aller en troisième heure, bredouille-t-elle.

— Deuxième.

— C'est ce que j'ai dit.

Et hop, la voilà aussitôt partie dans le couloir. Elle ne marche pas, elle court.

Qu'une fille s'enfuie à tire d'ailes après notre premier baiser, ce n'est pas bon signe.

Le soleil est encore haut dans le ciel à la fin des cours. Je retrouve Jeff, mon meilleur ami de l'équipe de football, et nous rentrons chez moi. Mes parents ne sont pas là : mon père a pris une journée de congé pour aller avec ma mère à un événement. C'est leur truc, ils aiment donner des chèques et se faire un nom dans notre petite ville. L'argent de mon père est une des raisons pour lesquelles notre équipe de football est la meilleure de l'État. Il achète régulièrement de nouveaux équipements et finance l'entretien du terrain pour qu'il soit parfait.

Mon père est fier de notre équipe, et encore plus de moi. Lui aussi a joué au football quand il était lycéen. Il était capitaine d'équipe. Son talent lui a valu une bourse pour l'université d'Ohio, mais ma mère est tombée enceinte de moi l'année de terminale. Du coup, il a abandonné le foot pour m'élever avec elle. Voilà pourquoi l'équipe compte tant pour lui. Et pour moi. Je poursuis le rêve qu'il n'a pas eu la chance de réaliser.

Ma mère adore les avantages que lui offre le mariage : le statut social, l'argent, les vêtements que ses amis lui envient et la célébrité que lui apporte son nom de famille. Mes parents n'avaient jamais pensé devenir riches, surtout après être devenus parents aussi jeunes. Mon père est retourné à l'université après ma naissance et a décroché un diplôme en finance. Aujourd'hui, il est directeur financier de United Suites, une chaîne d'hôtels implantée dans tout le pays. Il voyage beaucoup pour son travail. Ma mère n'aime pas trop ça, mais ne se plaint pas. Grâce à l'argent qu'il gagne, tout le monde est heureux, même lorsqu'il est absent des semaines. Mon père s'arrange toujours pour assister à mes matchs, il n'en a jamais raté un.

Jeff et moi nous faisons des passes dans le jardin. « Il n'y a pas de temps libre si tu veux être le meilleur », dit toujours mon père. Je me le répète chaque jour comme un mantra, pour me rappeler de ne pas laisser tomber. Je me le répète encore quand Jeff me lance le ballon. Je saute dessus… mais je le rate.

— Tu as une copine depuis ce matin et ça fout déjà en l'air ton jeu de jambes ! dit Jeff.

OK. On dirait que les nouvelles vont vite, dans les couloirs du lycée.

Je lui renvoie le ballon. Il part en une spirale parfaite qui atterrit sur la poitrine de Jeff et le renverse dans l'herbe.

— Pas tant que ça, on dirait !

Je cours vers Jeff et lui lance une bouteille d'eau.

— Ça a commencé quand ? me demande-t-il.

— Quoi ?

— Votre histoire.

— Ah, ça ? Euh… À la fin de l'été.

Les mots sont sortis trop vite. Je n'ai même pas encore décidé si cette relation aurait un avenir. Les copines, ce n'est pas mon truc. Ni les drames qui vont toujours avec.

— Tu aurais pu en parler à l'équipe, et à moi aussi.

— Bah, tu sais bien… Les gens sont bavards au lycée. Je n'aime pas les commérages.

— Tout le monde parle déjà de toi.

— Oui, parce qu'on a gagné la finale grâce à moi ! Pas parce que je sors avec une fille.

La vérité, c'est que je n'ai jamais eu de copine au lycée. Il y a bien eu quelques béguins ici et là, mais ça ne s'est jamais transformé en relation sérieuse. J'ai toujours été très concentré sur le football, la tête dans le jeu pour que mes parents soient fiers de moi. Pas le temps de regarder les filles. Et les passades d'une nuit, ce que font certains membres de l'équipe, ce n'est pas mon truc. Je suis pour le genre d'amour que mes parents ont l'un pour l'autre – le véritable amour –, et je ne suis pas pressé de le trouver.

Le portail s'ouvre alors, mes parents arrivent dans le jardin, main dans la main. Ils sont habillés bien trop chic pour s'approcher de nous deux qui dégoulinons de sueur ! Les talons de ma mère s'enfoncent dans le gazon à chacun de ses pas. C'est mignon.

— Papa, tu veux jouer ? On faisait juste une petite pause.

Il me tape l'épaule. Ma mère nous regarde en souriant.

— La prochaine fois, promis.

— Ton père doit faire sa valise, Brett. Il part ce soir pour New York, m'explique maman.

— Mais vendredi, c'est le premier match de la saison, papa ! Tu ne peux pas le manquer.

Je déteste pleurnicher comme si j'avais cinq ans, mais je n'en reviens pas : mon père ne manque jamais un seul match.

— Mon vol atterrit vendredi matin. Je serai là.

Mes parents nous laissent pour rentrer à l'intérieur. Moi, je respire à nouveau. Je ne me suis jamais soucié d'argent ou de statut. J'aime mes parents et la famille que nous formons. Le reste, c'est du bonus.

Jeff me regarde bizarrement.

— Quoi ?

— Rien. Je devrais partir. Ma mère m'a demandé de l'aider avant son service de nuit.

Je lui lance mes clés de voiture.

— Prends-la, tu iras plus vite.

— Brett, non, je...

— Si, prends-la. Je passerai demain matin avant le lycée.

— Merci, répond-il avec un sourire jusqu'aux oreilles. On se voit demain.

Une fois Jeff parti, je rentre à mon tour. Ma mère est dans la cuisine, en train de couper des carottes et un truc vert à feuilles. Elle passe le tout au mixeur, le verse dans une tasse qu'elle glisse vers moi sur le comptoir. Aïe.

Je bois en essayant de ne pas respirer l'odeur.

— Pour mon bien, je sais, je marmonne. Tu as fait quelque chose à tes cheveux ?

— J'ai demandé une teinte plus foncée à la coiffeuse. Pour faire plaisir à ton père.

Je hoche la tête sans ajouter de commentaire.

— On part dans une heure à l'aéroport, tu veux venir ?

J'aurais bien aimé, mais j'ai besoin de temps pour réfléchir à ce qui s'est passé aujourd'hui.

— Non, mais préviens-moi quand vous y allez, que je dise au revoir à papa.

Ma mère contourne alors le comptoir pour venir me prendre dans ses bras. Elle est toute petite, à peine un mètre cinquante. Mon père dit toujours que sa personnalité est bien plus grande qu'elle. Je n'ai jamais vraiment compris ce que cela voulait dire. Elle n'est pas très bavarde, c'est même plutôt une silencieuse. Même ses sourires semblent cacher des secrets.

— Tout va bien, maman ?

— Très bien, mon grand. Va travailler, je te préviendrai.

Je monte dans ma chambre, je fonce sur mon ordinateur portable et je cherche le profil de Becca. Dès qu'il s'affiche, je lui envoie une demande d'ami. Elle en a une centaine. Ses centres d'intérêt concernent exclusivement les livres : librairies, auteurs, blogs de lecteurs. Sur sa photo de profil, on la voit dans une cuisine avec une fille aux cheveux bruns. Elles sont hilares, avec de la farine plein les cheveux et du glaçage rose sur la figure. Je fais défiler ses photos. La présentation indique « en classe de terminale à Eastwood High School, Crestmont, Géorgie, USA ». Je continue, il n'y a presque pas de messages. Ah si, bingo ! Il y a quatre mois, quelqu'un lui a demandé son numéro de portable pour un projet de groupe. Je l'enregistre dans mes contacts : après tout, on s'est embrassés, non ?

Je contemple l'écran de mon téléphone en me demandant si je dois l'appeler quand la porte de ma chambre s'ouvre.

— On est sur le point de partir, dit mon père en avançant jusqu'au bord de mon lit. Tu parles à une fille ?

— Non. Pas de fille.

— Nous nous sommes rencontrés à ton âge, ta mère et moi. Tout le monde nous déconseillait de nous marier aussi jeunes, parce que *statistiquement*, ce genre de mariage ne dure pas. Mais tu vois, on est toujours mariés ! On t'a, toi, on a une super vie et assez d'argent pour te léguer une fortune.

— Je sais, papa.

Il commence toujours de cette façon pour parler du passé. S'il y a un truc dont mes parents sont fiers (à part moi), c'est de leur argent. Leur « style de vie bien mérité », comme ils aiment l'appeler.

— Le foot sera ta priorité une fois que tu auras décroché ton diplôme et que tu seras à l'université, Brett. Mais pour l'instant, tu devrais en profiter. Les années de lycée sont un moment magique... J'aime ta mère, mais nous regrettons tous les deux ce que nous avons raté.

Je suis soudain mal à l'aise.

— Qu'est-ce que tu veux dire exactement ?

— Que tu n'en profites pas assez. Tu ne ramènes jamais de fille à la maison... Aucune ne t'intéresse en ce moment ?

Le problème quand on idolâtre son père, c'est qu'on se force à vouloir lui faire plaisir. Chaque essai que j'ai marqué, chaque touche que j'ai transformée, mon père s'en est vanté. Mes réussites étaient les siennes. Ce qu'il n'a pas pu faire au lycée, il attend de moi que je le fasse. Et je suis incapable de lui mentir. Donc, est-ce qu'il y a une fille en ce moment ? Techniquement, oui. Je rouvre le profil de Becca sur mon portable et le lui montre.

— Elle s'appelle Becca.

Mon père retire ses lunettes en souriant et plisse les yeux devant la photo.

— Tu nous la présentes quand ?

— À ton retour de voyage.

Avant de quitter ma chambre, il ne manque pas de me dire qu'il est fier de moi.

Je retombe sur mon lit en gémissant. En moins de cinq minutes, j'ai réussi à me passer la corde au cou avec cette histoire de petite amie. Il n'y a plus qu'une solution, maintenant...

J'envoie un texto à Becca. « *Salut, c'est ton copain. Tu as besoin d'un chauffeur demain matin ?* » Au dernier moment, j'ajoute : « *Un faux rencard, bien sûr.* » Puis un smiley normal, sans clin d'œil. Inutile de l'effrayer.

Elle répond dans la minute.

« *Brett ?* »

« *Tu as combien de faux copains ?* » je m'amuse à renvoyer.

« *Très drôle.* »

Je redemande pour le trajet, elle accepte puis me donne son adresse. Elle m'attendra en bas de chez elle. Je lui dis qu'on réglera demain les détails de notre... drôle d'histoire.

Une heure plus tard, ma mère est de retour de l'aéroport. Elle s'arrête devant ma chambre pour me souhaiter bonne nuit, puis se dirige vers la sienne. J'entends la télévision qu'elle vient d'allumer et l'eau couler dans sa salle de bains. Bizarre. Je tends l'oreille, je l'appelle plusieurs fois, mais elle ne répond pas. Quand le bruit de l'eau s'arrête, je vais la trouver dans sa chambre. Elle est allongée sur son lit et dort. Des dizaines de mouchoirs en papier s'entassent au pied de la table de nuit... du côté de mon père. C'est déjà arrivé qu'elle pleure quand il part en voyage. Parce qu'il lui manque, je suppose. Le lendemain matin, elle va toujours mieux.

J'attrape une poubelle dans la salle de bains et reviens pour jeter les mouchoirs. Puis j'éteins la télé et je retourne au lit. J'ai besoin de dormir un peu. Quelque chose me dit que demain sera une folle journée.

Becca

Je continue de remplir mon carnet jusqu'à une heure avancée de la nuit. J'ai les yeux qui piquent et je n'arrête pas de bâiller. Ma mère est couchée depuis longtemps, j'entends ses ronflements à travers la cloison. La raison de ma veillée nocturne : la rédaction d'une liste de pour et de contre me permettant de savoir si je dois poursuivre ou non cette fausse relation. « Quand on doute, rien ne vaut une liste. » C'est ma devise préférée. Du moins, dans ma tête.

POUR : Brett est mignon (prévisible ? Oui. Superficiel ? Très), maman va enfin me lâcher les baskets parce que je ne serai plus célibataire, Jenny n'aura plus rien à dire (revanche, revanche !), j'y gagnerai en popularité par ricochet (je plaisante), peut-être que j'assisterai enfin à un match de foot ?

CONTRE : Brett est mignon, genre, trop mignon (qu'est-ce qu'on a en commun ? quasiment rien), maman sera bien trooooop intéressée par cette relation (P.-S. : à garder top secret), Jenny est flippante, devenir populaire = être sociable, je ne connais rien de rien au football.

Pas de doute, il y a égalité entre les pour et les contre.

Quand l'horloge indique deux heures, je me décide à éteindre la lumière. J'aviserai demain matin, j'en parlerai avec Brett et on décidera ensemble. Après tout, il est dans cette mélasse autant que moi, je n'avais rien demandé, c'est lui qui a pris l'initiative de m'embrasser… Moi, je me suis enfuie trop vite, sans rien demander. Il a peut-être déjà prévu la porte de sortie ?

J'aimerais pouvoir éteindre mon cerveau.

Je m'oblige à fermer les yeux.

Le lendemain matin, j'ai l'estomac noué comme un sac de nœuds. Des nœuds liés à un autre ensemble de nœuds. Maintenant que je suis retombée du petit nuage où m'avait placée ce baiser, je suis bien obligée d'être réaliste : je me suis fourrée dans une relation bidon avec Brett Wells. Aucune liste de pour et contre ne me sauvera.

J'envoie un texto à ma meilleure amie, « *S.O.S Cassie* », puis je me prépare pour l'école. Un coup d'œil dans le miroir m'apprend que veiller tard n'était pas une bonne idée (bonjour les cernes de koala). Mes cheveux sont hirsutes, dressés sur ma tête comme si une volée de moineaux y avait construit son nid. En résumé, ce n'est pas un bon début de journée.

La suite s'améliore légèrement quand j'entre dans la cuisine, remplie de cupcakes. Sur le comptoir, la table, la gazinière, une chaise : des cupcakes. Le glaçage a coulé sur les bords en laissant des perles sucrées un peu partout. Sous un cupcake rose, un

Post-it avec mon nom griffonné. Je lèche d'abord le glaçage avant de lire. *Un cupcake pour ma chérie. Passe une bonne journée. Bisous, maman.* Je souris. C'est comme ça chaque matin depuis que mon père est parti : maman m'écrit des petits mots. J'en ai reçu des centaines.

Au début, la pâtisserie de maman était immonde. Carrément immangeable. Ça a même atteint des sommets d'abomination le jour où elle a confondu le sel et le sucre. Ses pancakes auraient pu servir d'obus pour transpercer les murs. Mais elle a persévéré. Je crois que la pâtisserie lui servait de thérapie. Maman ne faisait plus que ça après le départ de mon père. Elle s'obligeait à rester forte pour moi, elle refoulait sa douleur, et la seule façon de l'évacuer, c'était de mélanger de la farine et des œufs dans un bol pour chasser la tristesse. Le premier été, nous allions régulièrement à la librairie. Pendant que je choisissais des romans d'amour, elle remplissait son sac de livres sur la pâtisserie, les biscuits, les cupcakes, tout ce qui était sucré. Une fois rentrée à la maison, elle feuilletait, choisissait une recette au hasard et passait le reste de la nuit à cuisiner.

Petit à petit, son savoir-faire s'est amélioré. Elle est devenue suffisamment experte pour ouvrir sa propre pâtisserie en ville. Cara, son amie et associée, s'occupe de la gestion, ma mère de la fabrication. Sa tristesse s'est moulée dans des cupcakes joliment emballés de papier rose argenté.

Soudain, la porte d'entrée s'ouvre à la volée. Cassie entre dans la cuisine comme un ouragan. Elle porte son polo rose pastel au logo Hart Cupcakes. Cara a accepté notre nom de famille pour l'entreprise commune ; la première employée fut Cassie, la fille de Cara. Moi, j'aide en été quand les cours sont terminés, et le soir et les week-ends. Cassie a un an de plus, elle a déjà passé son bac, alors elle travaille à temps plein. Je crois qu'elle le fait davantage pour les desserts gratuits que pour l'argent !

— Miam, tout frais du matin ! s'exclame-t-elle en attrapant un cupcake dans chaque main. Tu me crois quand je te dis que je n'en ai toujours pas marre après deux ans d'orgie ?

— Je te crois !

— Alors, ce S.O.S, il s'est passé quoi ? demande-t-elle en se léchant les doigts.

Je lui raconte ma journée d'hier, depuis le cours d'anglais, Jenny, Brett, jusqu'au baiser et ma fuite précipitée. Quand j'ai terminé mon histoire, Cassie est sans voix… C'est bien la première fois en deux ans d'amitié.

— Waouh… Dis-le à ta mère. Elle sautera au plafond !

— Non. Elle n'a pas besoin de savoir que le premier copain de sa fille, c'est du bidon.

C'est même hyper gênant.

— Transforme le faux en vrai ! Ce serait bien pour toi d'être avec quelqu'un. Tu es pire qu'une ermite.

— Un ermite.

— Si tu veux. N'empêche, dans ta vie, il n'y a que les livres. Et moi.

— Tu es un ermite aussi, alors !

Cassie hausse les épaules avant d'attaquer son deuxième cupcake.

— Peut-être… Mais toi, tu t'isoles par choix, alors que moi, ce sont les autres qui ne m'aiment pas.

— Si tu débarques chez eux sans sonner pour piquer leurs cupcakes, ce n'est pas surprenant !

Cassie éclate de rire. Elle a du chocolat coincé entre les dents.

— N'importe quoi ! répond-elle.

— Alors c'est peut-être à cause de ton discours le jour de la remise des diplômes !

— Quand j'ai dit à toute ma classe que je les détestais ? Mon père m'a toujours dit de sortir avec panache !

On éclate de rire. Nos mères répètent souvent que nous formons une drôle de paire, parce que moi, je fais tout pour qu'on m'oublie et Cassie, tout pour se faire remarquer. Pourtant, quand on s'est rencontrées à l'ouverture de la boulangerie, ça a été un coup de foudre instantané.

— T'as pas un livre là-dessus ? me lance Cassie avec un clin d'œil.

— Non. Pourtant j'en ai beaucoup…

Mon téléphone vibre. Cassie hurle de joie. Après trois ans de vie sous les radars au lycée, adieu ma tranquillité ! Je maîtrisais pourtant à la perfection l'art de la discrétion : déjeuner seule, toujours des écouteurs ou un livre à portée de main, jamais plus d'une seconde de contact visuel, mon sac toujours placé sur la chaise voisine pour éviter qu'on ne s'y assoie, etc., etc., la liste est longue. J'étais une professionnelle. Tout cela prend fin aujourd'hui.

Maintenant, j'ai des papillons qui font des loopings dans les nœuds de mon estomac.

— C'est lui ? s'exclame Cassie en fixant mon portable.

C'est bien lui. Son message dit : « *En bas.* »

Les papillons se démultiplient.

— Il est en bas, je bafouille.

Les mains de Cassie me poussent dans le dos, jusqu'à la porte puis dans le couloir.

— Amuse-toi bien ! Tiens-moi au courant heure par heure, et donne-moi les noms de ceux qui osent t'embêter.

— Pourquoi ? Tu veux te battre contre eux, avec tes petits bras musclés ?

— Non à la violence, ma chère Becca, oui à la guerre des cupcakes !

Je hausse un sourcil.

— Beaucoup d'élèves viennent chez Hart Cupcakes après les cours. Je t'avoue que ça m'énerve un peu, mais le bon côté, c'est que ça nous sera utile. Donc, tu me balances les noms et je cracherai dans leurs cupcakes.

— Beurk. Cassie, tu es immonde !

Cassie me souffle un baiser avant de répéter :

— Amuse-toi bien avec ton amoureux !

Puis elle me claque la porte de mon appartement au nez. Je n'oublierai pas de demander à maman pourquoi Cassie a une clé de chez nous, ou même, de lui suggérer de changer la serrure.

L'ascenseur me fait descendre, mais mon estomac reste accroché en haut. Un garçon m'attend, je vais devoir lui tenir la main, l'embrasser, faire vivre un mensonge que je n'aurais jamais dû prononcer. Bon Dieu, dans quelle galère me suis-je fourrée ? Et quel avantage Brett aurait-il à tirer de cet arrangement ? Sa popularité n'a pas besoin de coup de pouce. Ce serait même plutôt un coup dur.

À peine sortie de l'immeuble, je suis déjà en nage. Le soleil brille et bien sûr, fait briller la voiture de Brett. Une décapotable époustouflante. Il est appuyé contre la carrosserie, bras croisés, comme une pub vivante de magazine. Pourquoi ne conduit-il pas une voiture normale ? Moins sympa ? Plus déglinguée ?

Quand nos yeux se rencontrent, il me sourit.

— Bonjour, baby !

Quand il se penche pour embrasser ma joue, je rappelle mentalement à mon cerveau de signaler à mon cœur qu'il faut continuer de battre.

— Je t'ai apporté ça, je marmonne en ouvrant mon sac.

Son sourire s'agrandit encore, son visage rayonne. Je lui tends un cupcake que j'ai pris en douce quand Cassie ne regardait pas.

— C'est toi qui l'as fait ?

— Non, ma mère.

Brett me regarde comme si je venais de lui donner un million de dollars, et non un gâteau à moitié écrasé.

— Merci, Becca !

Il l'enfourne intégralement dans sa bouche, comme le font les mecs. Des miettes tombent sur sa chemise.

— C'est vraiment bon ! dit-il en les époussetant.

Je monte en voiture, pousse un petit cri quand mes jambes touchent le cuir brûlant du siège, puis me réprimande en silence en entendant Brett éclater de rire. Il démarre, nous roulons plusieurs minutes sans échanger un mot. Alors que je me creuse la tête pour trouver un sujet de conversation, Brett se lance :

— Ta mère cuisine beaucoup ?

J'avais pensé qu'on plongerait directement dans LA conversation sans faire de détour, mais apparemment, non.

— Ouais. Tous les matins, quand j'arrive dans la cuisine, il y a un dessert : cupcakes, crêpes, madeleines, n'importe quel gâteau, pourvu que ce soit sucré. C'est une obsession chez elle.

— C'est cool. Ma mère ne cuisine jamais. Elle est plutôt du genre plateau de fromages et vin.

Je ne sais pas quoi répondre, alors je me contente de hocher la tête. Nous sommes arrêtés à un feu rouge, Brett se tourne vers moi.

— J'aurai droit à un cupcake tous les matins, maintenant que je suis ton copain ?

— Ah ? Euh… Tu veux qu'on continue ce… cette histoire ?

Le feu passe au vert.

— Et toi ?

— Je ne suis pas entièrement contre.

Brett rigole. Son rire est contagieux. Ça fait du bien de rire avec lui, une partie de ma gêne s'envole.

— Tu t'enfuis quand je t'embrasse et tu es déjà prête à rompre alors que ça ne fait pas vingt-quatre heures qu'on est ensemble. Tu es une briseuse de cœur, Hart !

Je commence à comprendre pourquoi ce mec attire autant les filles. Il est drôle, sympa et m'a aidée spontanément hier.

— Tu es d'accord pour continuer de faire semblant de sortir avec moi, en trompant le lycée entier ?

— Si j'y gagne plein de cupcakes, bien sûr ! répond-il avec un clin d'œil.

Ses yeux paraissent plus clairs dans la lumière du soleil. J'aimerais lui demander ce qu'il espère tirer d'autre de cette relation. Parce que, oui, les cupcakes de ma mère sont délicieux, mais pas au point de justifier ce pataquès…

Nous sommes arrivés, Brett se gare. Les papillons que j'avais momentanément oubliés sont de retour dans mon estomac. Des milliards de papillons, maintenant. Je déglutis, j'ouvre la fenêtre, je la referme.

Inspire, expire, respire.

— Euh… On devrait peut-être se fixer des règles, non ? je bafouille, figée comme un piquet.

— Plus tard, OK ? Sinon, tu vas être en retard.

Je jette un coup d'œil à l'heure. C'est vrai que le cours commence dans cinq minutes et que je dois encore passer à mon casier. Le simple fait d'imaginer le regard noir de Miss Copper me fait sauter hors de la voiture. Brett court derrière moi et me rattrape par l'épaule.

— Du calme !

— Je ne peux pas être en retard. Miss Copper me fait peur.

— Aaaah, c'est pour ça que tu flippes.

Je soupire. Brett est si proche qu'il me bloque entièrement la vue. Je ne vois pas s'il y a des curieux, mais eux peuvent me voir. *Nous* voir. Que vont-ils penser ? Ou dire ? Croiront-ils que Brett Wells sort avec moi ? J'en perds la boule. Je rassemble toute ma détermination pour faire un pas de côté.

— Je sais que tu as l'habitude d'être au centre de l'attention générale, Brett, mais pas moi. Tout ça, c'est nouveau, et c'est terrifiant. J'ai besoin... que tu me laisses une minute pour respirer.

— Aucun problème ! On attend. Miss C. ne me fait pas peur.

J'inspire par le nez, puis par la bouche. Je compte jusqu'à dix, ferme les yeux, concentre mon esprit sur mes pieds plantés au sol. Quand je rouvre les yeux, Brett m'observe. Il n'a pas l'air agacé, mais se tient juste là, le regard plein d'espoir.

— Prête ? demande-t-il en me tendant la main.

— Non.

Mais je lui prends quand même la main. Puis il m'entraîne vers la porte d'entrée.

— Tu sais, je n'aime pas l'attention non plus. C'est pour ça que je n'étais pas sûr de vouloir continuer cette histoire. Je n'aime pas qu'on parle de ma vie amoureuse. Ça ne regarde personne.

Il essaie sûrement de me distraire des élèves qui nous suivent des yeux. Je regarde droit devant moi, sans un coup d'œil à droite ou à gauche.

— Je comprends.

Le ton stressé de ma voix le fait rire. Il me traîne littéralement dans le couloir.

La première personne que je discerne dans mon brouillard est Jenny, au milieu de son équipe de pom-pom girls. Je détourne vite les yeux, en application de ma première règle du « comment-vivre-sous-les-radars ». Brett ne se rend compte de rien, il continue d'avancer, moi dans son sillage. Comme un garde du corps ouvrant le chemin. Il me faut une bonne minute avant de cesser de fixer mes pieds et de prendre conscience que nous sommes devant mon casier. J'attrape mes livres à toute vitesse puis me précipite vers la salle d'anglais. Brett doit penser que je suis folle, ce qui est fort possible.

L'entrée en classe ne se passe pas si mal. On est arrivés à temps, donc pas d'éblouissement solaire aujourd'hui. Brett s'assoit près de moi, mais il semble que malgré son charme, la puissance des places attribuées l'emporte : au bout de trois minutes chrono, Miss Copper lui crie de retourner à la sienne. La classe hurle de rire, je respire plus facilement après son départ. À l'exception de Jenny qui se retourne de temps en temps pour me regarder, il n'y a rien de spécial. Personne ne commente la scène d'hier. Personne ne m'assassine du regard à cause de Brett. C'est juste un cours d'anglais normal.

Quand le soufflé retombe, c'est toujours décevant.

La première moitié de la journée se poursuit à l'identique jusqu'à l'heure du déjeuner. Avant, j'avais l'habitude de m'asseoir avec Jenny, juste nous deux à la cafétéria. On partageait toujours nos plats. Quand elle m'a lâchée, j'ai rejoint Cassie. Mais depuis la rentrée, je déjeune seule sur une des tables installées dans la cour. Il faut se dépêcher pour avoir une place, c'est pour ça que j'apporte toujours mon déjeuner, cela m'évite de faire la queue à la cafétéria. Il y a surtout une table à l'ombre d'un arbre, ma préférée. J'avais prévu de m'y installer jusqu'à ce que Brett m'envoie un texto m'informant qu'il m'avait gardé une place à l'intérieur.

Et c'est là que je suis à nouveau tombée de mon arbre. Je pensais qu'il avait réservé une table pour deux, dans un coin, pour qu'on puisse parler de tout ça sans oreille indiscrète. Mais non, je l'ai trouvé assis en plein centre de la cafétéria, à la table des sportifs, avec tous ses coéquipiers. Plus l'équipe des pom-pom girls à la table voisine. Jenny et compagnie.

J'ai tenu une seconde avant de tourner les talons. C'est vrai, quoi ! Brett s'imaginait vraiment que je viendrais m'asseoir au milieu de sa bande pour les écouter discuter matchs de foot, et que je répondrais aux questions sur la façon dont nous nous sommes « rencontrés cet été » ? Maintenir notre mascarade ne vaut pas ce niveau de torture.

Hop, je m'installe à ma table habituelle, sors mon sandwich, mon livre, et commence à lire. À peine suis-je à la fin de la première page que Brett envoie un autre texto.

« T'es où ? »

« Dehors. »

« Pourquoi ? »

J'éteins mon portable et reprends ma lecture.

Deux minutes plus tard, une ombre obscurcit le soleil.

— Tu m'as posé un lapin, déclare Brett en chipant un grain de raisin dans ma boîte.

— Je préfère manger dehors, dis-je en glissant un marque-page au milieu de mon livre. Et puis… ça me gêne d'être à la table des sportifs, Brett.

— Zut, je n'avais pas pensé à ça. Attends-moi, je reviens.

Avant que j'aie le temps de lui demander pourquoi, il part en courant et entre dans la cafétéria. Un instant plus tard, il ressort en tenant un plateau dans une main et son sac à dos dans l'autre, avec cet immense sourire aux lèvres.

— Tu ne mangeras pas toute seule ! On a une réputation à défendre, chérie.

Je plisse le nez.

— Chérie ?

— Non, tu n'aimes pas ? « Baby », alors ?

J'éclate de rire et repousse sa main qui se tend pour chiper encore du raisin.

— Règle numéro 1 : les surnoms ne sont pas autorisés.

— Pigé. Becca tout court. C'est quoi les autres règles ?

— DPA interdites.

— DP quoi ?

— Démonstration publique d'affection !

Brett fait la moue.

— Le baiser était si nul que ça ?

— Je n'aime pas qu'on me regarde.

— Mmh... Nous y reviendrons. Règle numéro 3 : tu dois assister à mes matchs de foot tous les vendredis.

— Un vendredi sur deux, ce serait bien aussi, non ?

— Tous les vendredis, répète-t-il. C'est non négociable. Je veux que tu cries mon nom dans les tribunes et que tu m'encourages ! Je te donnerai mon maillot de rechange.

— OK, mais je ne déjeune pas à l'intérieur.

Il mord dans son hamburger.

— J'avais compris ! J'accepte de déménager à cette table. On a le droit de s'embrasser ? Et de se tenir la main ? Personne ne croira qu'on sort ensemble si tu restes à un mètre de moi comme tu le fais maintenant.

J'essaie de la jouer cool. En apparence, c'est « pas de problème, je m'y connais en garçons, j'embrasse depuis toujours, je suis la pro du baiser de cinéma », alors qu'à l'intérieur de moi, c'est la panique totale, tous les voyants clignotent au rouge... Où est le disjoncteur ? Tout va péter !

— Bon, d'accord. On se tient plus près et on a quelques contacts. Pas trop, hein.

Brett sourit.

— Ça me va ! Ce sera le meilleur moment de la journée.

Tsss. Je lève les yeux en l'air.

— Il faut aussi qu'on ait la même histoire sur le début, dis-je.

— Ah, ça ! On aurait dû en parler hier, mais bon...

— Je sais, c'est ma faute... J'étais trop pressée de te quitter, dis-je en plaisantant à moitié.

— Pas grave. Tu proposes quoi ?

À la vitesse de la lumière, mon cerveau rejoue chaque romance que j'ai lue et reconstitue une situation qui pourrait fonctionner.

— On s'est rencontrés à la fin des vacances d'été... au parc. Je lisais et tu jouais au foot.

— Torse nu !

— Forcément.

— Et donc tu es tombée instantanément amoureuse de moi !

Quand je lui balance un grain de raisin à la figure, il ouvre la bouche pour le gober. Bingo ! Je me fige en réalisant ce que je viens de faire. Brett sourit, il ne trouve pas ça bizarre.

— Tu vises bien ! Je continue notre histoire : au premier coup d'œil vers toi, le nez plongé dans un bouquin, mon cœur s'est envolé. On a préféré garder notre relation secrète parce que tu ne voulais pas que toute l'école s'intéresse à nous.

— Voilà. Notre histoire d'amour a commencé comme ça.

— Il ne reste plus qu'à voir comment elle se terminera.

C'est à ce moment-là que je remarque la longueur des cils de Brett. Ils effleurent ses joues chaque fois qu'il cligne des yeux. La tempête se déchaîne à nouveau en moi. Ses cils clignent, clignent, clignent pendant qu'on se regarde. Brett a toujours ce sourire de star sur le visage.

Puis, le soleil disparaît derrière un nuage. Brett a soudain l'air différent. C'est le moment idéal pour poser la question qui me turlupine depuis le début de la journée :

— Pourquoi tu fais ça ? Tu sais très bien que toutes les filles du lycée, et même des garçons, rêvent de sortir avec toi... Alors pourquoi moi ? Même si on fait semblant.

Sans me quitter du regard, Brett pose les coudes sur la table et plante son menton dessus.

— Je t'aurais posé la même question, mais je pense avoir compris avec ce que tu as dit en cours d'anglais à propos de la dangerosité de l'amour.

— Mes parents ont divorcé, c'était plutôt bizarre. Et toi, c'est quoi ton excuse ?

— L'inverse : le mariage parfait de mes parents.

— Ah oui, c'est vrai.

— Tout le monde est au courant. C'est pire que l'histoire de Cendrillon. Mon père passe sa vie à me sermonner sur le lycée : il faut que je m'éclate, que je sorte avec des tas de filles, que je joue au foot comme un dieu parce qu'il n'a pas pu le faire.

— Pourquoi ?

— Ma mère est tombée enceinte de moi en terminale. Mon père a abandonné le foot, sa bourse, tout, pour elle. Pour moi. Aujourd'hui, c'est comme s'il voulait que je reprenne sa vie là où elle s'est arrêtée. Tu vois ?

Je pense à ma mère et à son insistance pour que j'aie un copain, pour que je trouve l'amour qu'elle a perdu.

— Très bien, oui.

— Sauf que moi, je ne suis pas intéressé, reprend Brett. J'ai des bonnes notes, je suis plutôt doué au football, ça me suffit. Je me chercherai une copine après l'université... Mais mon père ne voit pas les choses comme moi.

— Du coup, tu t'es dit que la solution, c'était d'avoir une fausse copine... pour que ton père te lâche les baskets.

Le sourire de Brett s'envole, il a soudain une tête de Calimero.

— Je sais, je suis con, dit-il, la mine piteuse.

— Non. On a chacun besoin de l'autre. Ça n'empêche pas de devenir amis en cours de route.

— Tu ne finis pas ton sandwich ? demande Brett.

Je le pousse vers lui. Quel appétit !

— Merci ! Et sinon, il se passe quoi avec Jenny ? On dirait la dispute du siècle entre vous deux.

Je lui explique le *statu quo* tendu et la distance qui s'est instaurée entre elle et moi.

— Ce baiser a vraiment dû l'énerver, commente Brett.

— Oui, je crois aussi.

Brett termine d'engloutir mon sandwich, frotte les miettes tombées sur son tee-shirt, puis me tend la main par-dessus la table.

— Bon, toi et moi, on va faire semblant de sortir ensemble pendant quelques mois, après on se séparera en restant amis. D'accord ?

Pour une fois, j'essaie de ne pas trop penser pour rester calme, et je lui serre la main.

— D'accord.

— Génial ! Au fait, tu nous verrais dans lequel de tes bouquins ? me demande-t-il en pointant mon livre.

— Cela dépend du genre. Tu es plutôt romance ? Mystère ? Conte de fées ?

— Conte de fées, dit-il avec sérieux.

— Tu serais le prince ?

— Seulement si tu es la princesse.

Ce jour-là, je quitte l'école avec le sourire aux lèvres. Je ne suis pas une tragédienne née (j'ai failli plomber ma moyenne générale à cause d'une sale note en expression théâtrale), mais je crois qu'en duo, je peux réussir. Brett maîtrise son rôle de faux petit ami à la perfection. Il fait vraiment partie de ces gens naturellement doués en tout.

Après la dernière heure de cours, il est venu me retrouver devant les casiers pour proposer de me ramener à la maison. J'ai refusé, j'avais envie de marcher. Mon esprit s'est trop surmené aujourd'hui, j'ai besoin d'être seule et de réfléchir. Ce n'est que le premier jour et je suis déjà submergée. Pourquoi ne puis-je pas m'en tenir simplement à la lecture des romans d'amour ? Pourquoi fallait-il que ma vie bifurque vers une histoire d'amour ? Le seul truc positif, c'est que, comme dans mes romans, tout est faux. Donc, il n'y a pas de danger. C'est un peu comme obtenir le meilleur des deux mondes : une relation sans risque de larmes.

Perdue dans mes pensées, je me laisse porter là où mes pieds m'emmènent... jusqu'à ce que je comprenne où je me trouve : au début de la rue où habite mon père. J'ai honte, je connais par cœur le chemin pour aller chez lui. Un jour, j'ai vu son adresse sur une lettre adressée à ma mère, le chèque de la pension alimentaire, sans doute. Je l'ai recopiée en vitesse avant de faire semblant de n'avoir rien vu.

J'avais treize ans la première fois que je suis venue devant chez lui. Il n'y avait personne, ni aucune voiture dans l'allée. Je me suis sentie tellement coupable que je n'ai pas osé revenir avant des mois.

J'avais l'impression d'avoir trahi ma mère, alors que c'était lui qui nous avait quittées toutes les deux.

La fois suivante (un an plus tard), mon père était assis sur sa véranda. Je me suis cachée derrière un arbre pour qu'il ne me voie pas.

Après, j'ai continué de venir une fois par mois. Un jour, j'ai remarqué qu'une femme s'était installée chez lui. Elle ouvrait la porte d'entrée quand la voiture de mon père se garait dans l'allée, et sortait pour l'embrasser. Une femme avec de longs cheveux bouclés et noirs. L'antithèse de ma mère, avec son carré court et blond. Je n'ai jamais parlé de cette femme à maman. Je ne sais pas si elle a envie de savoir. Si cela compte pour elle.

Me voilà maintenant, six maisons en amont de celle de mon père, à moitié cachée par un massif de fleurs. Sa maison est à l'angle des deux rues, avec une longue véranda et un garage pour deux voitures, repeint de la couleur du ciel.

Je ne me suis jamais suffisamment approchée pour que mon père puisse me repérer par la fenêtre. Je ne veux pas prendre ce risque. Jamais. Je ne suis même pas sûre qu'il soit encore capable de me reconnaître. J'ai beaucoup changé en cinq ans. Du moins à l'extérieur.

Cela me fait encore mal de penser à la façon dont il est parti, sans un regard en arrière. Ma mère avait obtenu ma garde, ils ne sont jamais allés au tribunal. Mon père s'est contenté d'accepter, ils ont signé des papiers et c'était réglé. Je ne comprenais pas vraiment la situation, à douze ans. Je pensais que je passerais les week-ends avec mon père et les jours de semaine avec ma mère, comme je l'avais vu dans les films. Mais les mois passaient et mon père ne venait jamais me chercher. Chaque fois que je demandais pourquoi à ma mère, elle répondait qu'il était occupé. J'ai appris plus tard que mon père voulait un « nouveau départ » et qu'il estimait que ce n'était pas possible avec une fille de douze ans, le rappel en chair et en os de son passé.

Le plus dur, c'est que leur séparation m'est tombée sur la tête : je ne m'y attendais pas du tout. Mes parents ne se sont jamais disputés, il n'y a eu aucun signe annonciateur... J'étais trop jeune, je les ai forcément manqués. Mais même quand j'y repense aujourd'hui, je ne vois rien. Je me souviens juste de ma mère partant au travail le matin – à l'époque, elle était infirmière – et de mon père l'embrassant. Il restait à la maison parce qu'il travaillait de nuit. C'est lui qui venait me chercher à l'école. Sur le chemin du retour, il me payait des glaces en été, des chocolats chauds en hiver. Je n'ai pas de mauvais souvenirs, aucun moment particulier qui me ferait dire que, *oui, c'est celui-là, c'est là que ça a dérapé*. Après, je n'ai jamais demandé les détails à ma mère, nous n'en avons jamais parlé. J'ai toujours eu trop peur de la blesser. Alors, on évitait soigneusement le sujet, elle en cuisinant, moi en lisant et en me demandant pourquoi il était parti. C'est sans doute pour ça que je viens ici aujourd'hui : pour chercher des réponses.

Je patiente vingt minutes (toujours vingt minutes). Sa voiture se gare dans l'allée. Il en sort, vêtu d'un costume gris, avec des lunettes sur le nez. La porte d'entrée s'ouvre, la femme avance vers lui. Je ne connais toujours pas son prénom. Je me demande s'il la connaissait avant le divorce, ou s'il l'a rencontrée après. Il est peut-être parti pour elle.

Mon père sourit, ils s'embrassent, leurs mains se posent sur le ventre de la femme. Elle est enceinte, son ventre s'est encore arrondi depuis mon dernier passage. Je regarde mon père se mettre à genoux et serrer ce ventre dans ses bras. Est-ce qu'un jour, il abandonnera aussi cet enfant ? J'espère que non. Je souhaite sincèrement qu'il choisisse de rester pour que ce bébé n'ait jamais à vivre les épreuves que j'ai traversées. J'espère aussi qu'il n'aura jamais à se cacher derrière un buisson pour regarder son père aimer sa nouvelle famille d'un amour qu'il n'a jamais manifesté à son ancienne famille.

Ce n'est qu'après avoir vu la porte se refermer sur eux que je rentre chez moi. Ce soir-là, quand ma mère me demande où j'ai traîné en sortant de l'école, je mens.

Brett

Tous les jeudis se terminent de la même façon à Eastwood High : par un méga rassemblement sportif. Dès que la cloche sonne, les élèves se précipitent vers le stade et s'installent dans les gradins. Les pom-pom girls et l'équipe de football sont toujours au premier rang. M. Marcus, le principal, en profite souvent pour faire une allocution. La semaine dernière, c'était pour annoncer le départ à la retraite du directeur adjoint.

Aujourd'hui, je suis en retard, car j'attends Becca. Elle avait accepté qu'on s'y rende ensemble, mais je l'attends toujours devant les casiers. Je lui ai envoyé un texto : « *T'es où ?* » Et elle m'a répondu : « *À la bibliothèque. J'ai presque fini.* » Dehors, la fanfare commence à jouer, je suis vraiment en retard. Je pars en courant vers l'escalier qui mène à la bibliothèque.

Je la repère dans un coin, assise par terre avec un livre posé sur les genoux. Elle lit. Elle est si absorbée qu'elle ne lève pas la tête avant que mes pieds entrent dans son champ de vison, à deux centimètres d'elle.

— Eh, oh !

Elle sursaute en refermant son livre.

— Oups, pardon ! J'essayais de terminer en vitesse.

Je m'assois à côté d'elle et jette un coup d'œil à la couverture.

— *Roméo et Juliette* ? Tu as encore besoin de le lire ?

— Pourquoi, encore ? On a une interro dessus, la semaine prochaine… C'est l'heure d'y aller ?

— Presque, la fanfare a commencé, mais si tu veux, tu as encore quelques minutes.

— Super ! répond-elle en plongeant à nouveau dans *Roméo et Juliette.*

Becca tient son livre comme un objet précieux. Je n'ai jamais vu ça. Je ne comprends pas trop : le bouquin est en mauvais état, sa reliure est tout effilochée. Becca déplace le doigt sous les phrases au fur et à mesure de sa lecture. J'ai envie de lui demander de lire à voix haute, mais il est interdit de parler à la bibliothèque. Enfin, en principe.

— Je ne peux pas lire si tu me regardes, dit-elle.

— Je ne te regarde pas ! Je regardais le livre. On dirait qu'il a souffert.

— Ça remonte à quand, la dernière fois que tu es venu ici ?

— Euh… en première année, je crois.

— Eh ben. Ton truc, c'est vraiment le foot ! rétorque-t-elle en riant.

— Non, madame, j'ai lu tous les *Harry Potter* !

Elle n'a pas l'air impressionnée.

— Ça ne compte pas. Tout le monde a lu *Harry Potter*. C'est un rite.

Becca a raison.

Nos genoux se cognent quand elle attrape son sac à dos. Je regarde ses chaussettes qui dépassent de ses baskets. Elles sont blanches avec des oreilles de chat cousues dessus. J'éclate de rire.

— Tu as remarqué qu'il n'y a personne, n'est-ce-pas ? me dit-elle brusquement.

— Oui, et alors ?

— Alors on n'est pas obligés de faire semblant de sortir ensemble vu que personne n'est là pour nous voir.

Elle a encore raison.

Une fois ses affaires rassemblées, nous quittons la bibliothèque pour aller au terrain de foot. En chemin, elle tire sur mon bras et m'arrête. On n'y sera jamais pour les encouragements d'avant-match.

— Quoi encore ? je demande, un peu agacé.

— Ça te pose un problème si je rentre chez moi maintenant ? Je voudrais commencer à réviser les maths, j'ai un contrôle lundi.

— Mais, Becca, on est jeudi.

— Justement. J'aurais dû commencer il y a trois jours !

Je n'arrive pas à savoir si elle plaisante ou non. Des dizaines d'élèves sont sûrement déjà installés dans les gradins, une de plus ou de moins ne fera aucune différence.

— Pas de problème, je soupire. Mais tu viens à mon match de demain, n'est-ce pas ?

— Bien sûr.

— Super ! Travaille bien alors.

Becca m'adresse un petit sourire, puis s'éloigne, son livre toujours à la main.

Je cours jusqu'au terrain, où j'arrive avec quelques minutes de retard. Le directeur n'a pas encore terminé son discours. Jeff me fait signe, il reste une place vide près de lui. Je me faufile à ses côtés, aussi discrètement que possible.

— Salut. Merci, je murmure.

— Pourquoi t'es en retard, mec ?

— J'étais avec Becca.

Jeff me jette un bref coup d'œil, avant de reporter son attention sur le directeur. Vu sa tronche, il s'imagine surement que j'étais en train de la bécoter dans un coin. Je ne rectifie pas : au moins, cela ajoute un peu de crédibilité à toute cette histoire.

Une heure plus tard, alors que j'arrive au parking pour remonter en voiture, mon téléphone sonne. C'est ma mère. Je décroche à la deuxième sonnerie.

— Oui, maman ?

— Tout va bien, Brett ? Habituellement, tu es déjà à la maison à cette heure-ci.

Je remarque le ton accablé de sa voix. C'est chaque fois la même chose quand mon père part en voyage. Ma mère est plus esseulée, plus triste.

Je lui rappelle qu'on est jeudi, jour des réjouissances d'avant-match, et lui promets d'être bientôt à la maison. Sur le trajet, en apercevant une devanture de boulangerie, je décide de m'arrêter. Une boîte de pâtisseries remontera peut-être le moral de ma mère.

Quand je pousse la porte, une clochette annonce mon entrée. Je suis accueilli par une délicieuse odeur de vanille, mais je ne vois personne derrière l'immense comptoir réfrigéré. J'appuie sur la sonnette. Dring ! Dring ! Ça y est, une dame aux cheveux blonds arrive de l'arrière-boutique en souriant.

— Bonjour, jeune homme ! Qu'est-ce que je peux t'offrir ?

Je ne sais pas trop, on ne mange jamais de dessert à la maison, du coup, je choisis un assortiment de tout. Cupcakes, tartelettes aux fruits, religieuses et une sorte de chou fourré à la crème vanille.

— Le dessert préféré de ma fille ! m'explique la dame.

— Alors trois comme ça, s'il vous plaît ! Ah oui, et des cannolis, vous en avez ? Je crois que ma mère en a mangé à un mariage italien, elle avait aimé.

— Tu as de la chance, on vient d'en préparer. Clochette, apporte-moi les cannolis ! crie-t-elle en direction de l'arrière-boutique.

— Merci, madame, dis-je en sortant mon porte-monnaie.

La dame encaisse mon argent et compte la monnaie. D'après le prénom épinglé sur son tablier, elle s'appelle Amy. Une personne arrive alors derrière elle. Je lève les yeux… et reste pétrifié. C'est Becca. Elle a le visage blanc de farine et porte un tee-shirt rose Hart Cupcakes.

— Euh… Becca ? dis-je lentement.

La plaque de cannolis tombe sur le sol. Aïe. La dame, qui ne peut être que sa mère, sursaute.

— Becca ! Qu'est-ce qui t'arrive, tu es malade ?

Il faut reconnaître que sa fille a maintenant les joues écarlates.

— Je…

Moi, je suis toujours figé, la main ouverte au-dessus du comptoir, avec ma monnaie dedans.

— Occupe-toi de nettoyer, s'il te plaît. Je vais chercher d'autres cannolis pour le jeune homme. Désolée, ce sont des choses qui arrivent dans le métier ! lance-t-elle à mon attention.

Dès que sa mère a disparu, Becca se précipite vers moi.

— Qu'est-ce que tu fous là ? murmure-t-elle.

— Je voulais juste acheter des gâteaux. Je ne savais pas que tu travaillais ici… Clochette !

— Roooh, ça va, c'est un surnom, grogne-t-elle entre ses dents. Et c'est la pâtisserie de ma mère. Hart Cupcakes, Becca Hart, tu piges ?

Oh.

— Je croyais que tu bossais tes maths.

Becca plonge au sol en évitant de croiser mon regard et commence à ramasser les gâteaux brisés.

— Tu as besoin d'aide ?

— Non, répond-elle sèchement.

Puis, elle se ravise.

— Pardon. J'étais en train de bosser mais ma mère m'a appelée pour que je vienne l'aider. Elle a reçu une grosse commande pour demain matin.

Sa mère revient avec un autre plateau de cannolis. Elle en prend trois, qu'elle place ensuite dans ma boîte.

— Cadeau. Désolée pour l'attente.

Puis, elle nous regarde avec attention, comme si elle venait de comprendre. Son visage s'illumine.

— Vous vous connaissez, c'est ça !

— Oui, madame, je m'appelle Brett, je suis son p…

— Ami ! Brett, maman, un ami du lycée.

Je n'ai pas le temps de réagir, la porte du fond se rouvre, une fille aux cheveux bruns entre à son tour. La fille de la photo de profil de Becca. Elle me jette un coup d'œil, puis à Becca, puis à sa mère. Son sourire s'élargit.

La scène est trop bizarre, je suis soulagé quand la mère de Becca me tend la boîte de pâtisseries.

— Ravi de t'avoir rencontré, Brett. Bonne dégustation, et encore désolée pour le bazar dans le magasin.

Je sors de là dans un état second. Becca n'a jamais mentionné qu'elle voulait aussi qu'on se cache de sa mère. Maintenant, c'est très clair. Clair comme de l'eau de roche. Et sa mère est propriétaire d'une pâtisserie ? Je ne sais vraiment rien de la fille avec qui je sors, il faut que ça change, sinon personne ne croira à cette histoire. Demain soir, j'ai mon match, mes parents seront là. Becca aussi.

Je croise les doigts pour que tout se passe bien… Et que ma fausse petite copine ne recule pas à la dernière minute.

Becca

Quatre heures se sont écoulées depuis la *cata-cannolis*, mais ma mère continue d'en parler. Pas à cause des cannolis perdus (fabriqués selon une recette secrète de sa grand-mère). J'aurais mille fois préféré ça. Non, à cause de Brett et de ses yeux écarquillés comme des soucoupes quand il m'a vue.

Il n'y a plus que nous deux, Cassie est partie en me souhaitant bonne chance. Elle a raison, j'en ai besoin : le cerveau de ma mère est bloqué sur le mode « obsession pour les histoires d'amour », il n'y aura aucune autre conversation possible tant qu'elle n'en sera pas sortie.

— Comment vous vous êtes rencontrés, déjà ? me demande-t-elle, tout en balayant le sol.

— En cours d'anglais, je répète pour la troisième fois.

— Il a le même âge que toi ?

— Oui, maman.

— Il a une petite amie ?

— Maman, arrête, s'il te plaît !

Je lui balance mon chiffon à la figure, elle l'esquive.

— J'ai surtout eu l'impression que tu l'as interrompu. Il allait dire quelque chose, et tu ne l'as pas laissé terminer sa phrase.

Elle me jette un coup d'œil suspicieux par-dessus son balai.

— Je ne sais pas. Je ne lis pas dans les pensées des autres, je marmonne.

Elle éclate de rire.

— N'oublie pas d'essuyer les étagères, Clochette !

J'ai bien sûr envie de lui dire pour Brett et moi (en laissant de côté les détails, évidemment), comme ça elle me lâcherait enfin les baskets sur le fait d'être *toujours célibataire* : c'était l'une des raisons de ma liste de pour ou contre, après tout. Le bonheur de savoir qu'il est mon (faux) petit ami la comblerait, j'aurais droit à l'un de ses câlins écrasants, ce qui pourrait me faire passer un moment agréable.

— Il est très mignon, poursuit-elle.

Et c'est reparti pour le flot de paroles, le délire obsessionnel maternel qui m'agace. C'est tout juste si elle n'est pas déjà en train de planifier mon mariage parce qu'elle vient de vendre trois cannolis à Brett.

— Je n'avais pas remarqué.

Je mens, ma mère le sait. Je le sais aussi. Tout le monde le sait sur terre. Je devrais me coller un Post-it sur le front, avec écrit « Oui, Brett est mignon, non, je ne l'aime pas ». Au moins, elle me ficherait la paix av…

— Becca.

Sa voix est devenue très sérieuse. J'astique les étagères avec plus de frénésie encore.

— Tu sais que je veux que tu sois heureuse, déclare-t-elle en prenant mes mains dans les siennes.

— Oui, maman.

Je le sais bien, elle me le dit tout le temps.

— Et ce n'est pas parce que ça n'a pas marché entre ton père et moi que ce sera pareil pour toi.

— Oui, maman.

Elle m'attrape le menton pour me forcer à la regarder.

— Je veux que tu trouves quelqu'un que tu aimes, quelqu'un qui te mérite, ma chérie.

Argh. C'est dans ce genre de moment que j'ai encore plus de mal à comprendre pourquoi mon père a quitté ma mère. Elle est si attentionnée, douce… belle aussi, genre carrément sublime. Comment ne pas l'aimer ? Ma mère est une grande âme.

— Tu sais que les divorces ne sont pas…

— … génétiques. Je sais.

Elle sourit, satisfaite.

Nous reprenons le ménage en silence. Je pense à mon père. J'ai un million de questions à poser sur lui, mais le sujet est proscrit. Par expérience, je sais que ma mère se mettra soit 1) à pleurer, soit 2) à se refermer comme une huître, et la fin de soirée sera foutue. Alors que pour l'instant, elle sourit aux anges en balayant, et me lance des petits coups d'œil pleins d'espoir.

Tant pis, je me jette à l'eau :

— Maman… C'était quand la dernière fois que tu as parlé à papa ?

Une seconde s'écoule, deux, trois… Je crois qu'elle n'a pas entendu, elle continue de balayer au même rythme. Bon, c'est sans doute mieux, inutile de…

— Quand j'ai ouvert la pâtisserie.

Pardon ?

— Ton père est venu ici le deuxième ou le troisième jour… Il n'arrivait pas à croire que j'avais réussi à apprendre la cuisine. Tu te souviens, je ratais toujours nos gâteaux d'anniversaire. Tu aurais vu sa tête, il était sous le choc !

Elle sourit, perdue dans ses pensées.

— Il a acheté des cannolis, il aimait tellement la recette de ta grand-mère… Après, il est reparti et je n'ai plus entendu parler de lui depuis.

Je reste bouche bée.

— Allez, Clochette, c'est propre, on ferme.

Je range le balai et les chiffons dans le placard, j'attrape nos vestes et je sors, pendant que maman branche l'alarme, puis verrouille la porte. Sur le chemin du retour, je ne pose aucune question, elle non plus.

Le lendemain matin, il y a des cupcakes dans la cuisine. Ce qui signifie que ma mère n'était pas contrariée par notre conversation de la veille. Je n'en reviens toujours pas qu'elle ait accepté de parler de mon père. J'ai mal dormi, fait des cauchemars : je voyais mon père entrer dans le magasin, j'étais spectatrice de la scène qui se jouait entre ma mère et lui. Souffrait-elle intérieurement ou trouvait-elle agréable de le surprendre avec son nouveau talent culinaire ? Ont-ils parlé de moi ? J'en ai encore la tête qui tourne. Je n'aurais jamais de réponse, c'est ça le pire. Même ma mère a dit que c'était un miracle qu'il soit entré dans la boutique. Cela n'arrivera plus.

Je rumine toujours en arrivant à l'école, je suis tellement absorbée que je ne remarque pas le paquet déposé dans mon casier. Il tombe à mes pieds. Je le ramasse en vitesse, puis m'éloigne dans le couloir pour l'ouvrir à l'abri des regards. C'est un maillot de football bleu marine avec le nom « WELLS » cousu dans le dos au fil doré. Il y a aussi une note : « *Mets-le ce soir, chère copine !* » Ridicule. Mon premier match de foot transformé en un numéro de cirque... Mais le maillot est vraiment doux et il sent bon, un peu comme Brett (depuis quand est-ce que je connais son odeur ?)... OK, je le porterai.

J'appelle Cassie pendant le déjeuner. Comme c'est le premier match de la saison, l'équipe de foot est avec l'entraîneur pour discuter stratégie. Autrement dit, Brett n'est pas là, tout est calme pour moi. Je demande à Cassie de m'accompagner ce soir. Elle aurait accepté si elle n'avait pas été de service à la pâtisserie jusqu'à la fermeture. Je lui propose d'en parler à ma mère pour qu'elle la remplace, mais Cassie refuse. J'irai donc seule. Peut-être que le maillot est assez grand pour que je cache un livre dessous.

Si je m'assois en haut des gradins, personne ne me remarquera… Enfin, je crois.

J'avais raison : une fois rentrée à la maison, j'essaie le maillot, il m'arrive aux genoux ! Il est de cinq tailles trop grand. Mais bon, si ça peut lui faire plaisir…

Brett n'a toujours pas répondu à mon texto disant que je suis en route pour le stade. Il s'entraîne, je suppose.

Les gradins sont déjà remplis quand j'arrive à Eastwood High. Je finis par trouver une place, coincée entre deux personnes, où je m'effondre. Moi qui comptais lire, c'est foutu, il y a bien trop de bruit, c'est pire qu'à la foire.

Sur le terrain, les pom-pom girls dansent, agitent leurs pompons, puis acclament les Bears qui entrent sur le côté. Tout le monde se lève et se met à hurler. J'en fais autant puisque c'est dans l'accord que nous avons conclu avec Brett.

Une petite amie en liesse dans les gradins ? Fait.

Vêtue du maillot de son chéri ? Fait.

Le trophée de la meilleure fausse copine de l'année ? En bonne voie.

Je regarde le match en faisant semblant de comprendre ce qui se passe. J'aurais dû lire des trucs sur les règles de base avant de mettre les pieds ici. Je suis un vrai mouton, je me lève quand les autres se lèvent, je crie quand ils crient, j'applaudis quand ils applaudissent. Je fais bien attention de crier plus fort quand Brett a le ballon, ce qui est le cas pendant la majeure partie du match.

J'avoue que je m'amuse vraiment. Ce n'est pas si mal, le foot, et c'est facile de se laisser porter par l'excitation générale. Je comprends mieux pourquoi il y a tant de supporteurs, assis ici tous les vendredis soir, avec de la peinture bleue sur les joues et des rubans dorés dans les cheveux. On a l'impression d'appartenir à une grande communauté.

Quand Brett transforme un essai, la foule explose comme un volcan. Je dois me couvrir les oreilles pour éviter les dommages collatéraux. Brett a un sourire jusqu'aux oreilles, ses coéquipiers le soulèvent dans les airs, scandent son nom et le transportent comme un trophée. C'est plutôt cool d'être sa copine, même fausse.

À la fin du match, je suis le mouvement jusqu'aux portes des vestiaires, où des groupes de supporteurs attendent les joueurs. La nuit est fraîche, le ciel ressemble à une couverture étoilée. Je m'emmitoufle dans le maillot de Brett et sautille sur place pour avoir plus chaud. Enfin, la porte s'ouvre sur Brett. Ses yeux me cherchent, me repèrent. Ils ont l'air tristes, alors que cela devrait être tout l'inverse. Brett s'avance vers moi.

— Tu as été super, je bafouille maladroitement.

Mes mots ne semblent même pas atteindre son cerveau.

— Tu as vu mes parents ?

Sa tête tourne comme un périscope.

— Non.

Je regarde autour de moi, alors que je ne sais même pas à quoi ils ressemblent.

— Mon père avait dit qu'il serait là ce soir. Je ne l'ai pas vu. Ni ma mère, marmonne-t-il en continuant de scruter les visages.

— Je suis sûre qu'ils sont quelque part ici, Brett. Il y a tellement de monde. Envoie-leur un texto.

— T'as raison.

Quand il sort le téléphone de son sac, les traits de son visage s'affaissent.

— Qu'est-ce qui se passe ?

— Un message de ma mère… Elle dit que mon père est resté à New York. Il ne rentrera pas avant lundi.

Ses mains se crispent. Il range son téléphone avec rage. Je ne comprends pas pourquoi il est si en colère. Son père a raté un match, et alors ? Le mien a raté la moitié de ma vie, pas de quoi en faire un plat…

— Il viendra au prochain, je hasarde.

— Mouais… Je te ramène chez toi ?

Ses yeux redescendent enfin sur le maillot.

— Sympa, tu l'as mis ! Il te va bien en plus, ajoute-t-il avec l'ombre d'un sourire.

— Oui, merci. Je me sens bien dedans.

— « Merci » pour le compliment ou pour la balade dans ma voiture ?

— Les deux !

Son sourire revient complètement. Brett m'attrape par la main et me conduit à travers le parking. Sa voiture est garée tout au bout. Il ne parle pas, j'ai l'impression qu'il est toujours en colère contre son père.

Alors qu'il m'ouvre la portière, je fais une nouvelle tentative :

— Euh, ton père... Il n'a jamais raté un seul match ?

Brett démarre puis s'engage sur la route. Je trouve qu'il conduit plus vite que d'habitude.

— Jamais.

— Ta mère non plus ? Ils viennent toujours ensemble ?

— Oui. Dans son message, elle disait qu'elle ne voulait pas venir seule.

— Il se serait passé quoi s'ils étaient venus ?

Il me jette un rapide coup d'œil, puis tourne à nouveau la tête.

— Comment ça ?

— Tu m'aurais présentée à tes parents comme ta petite amie ou un truc du genre ?

Brett éclate de rire. Sa main vient me tapoter le genou.

— Bah ouais ! J'ai déjà parlé de toi à mon père, tu sais bien. Il voulait te rencontrer.

Petite rectification : Brett ne m'en a jamais parlé.

— Tu n'as jamais eu de copine avant ?

— Jamais.

Bizarre, non ?

On ne prononce plus un mot pendant un long moment, puis Brett se réveille comme un diable sortant de sa boîte :

— J'ai compris à quoi tu joues, Becca, mais ça ne fonctionnera pas.

— Pardon ? Je joue à quoi ?

— Tu veux me faire oublier ce qui s'est passé à la pâtisserie de ta mère. Et ton mensonge pour ne pas venir à l'entraînement d'hier soir.

— Je n'ai pas menti ! Je suis vraiment rentrée bosser les maths, mais ma mère m'a appelée. Crois-moi, avec l'interrogatoire que j'ai subi, j'en ai assez entendu sur cette soirée.

— Un interrogatoire ?

— Ma mère est ta groupie numéro un, je ronchonne.

— Elle ne me connaît même pas.

— Personne ne te connaît vraiment, mais tout le monde t'aime, non ?

Sans répondre, Brett me lance un de ses regards malicieux dont il a le secret.

— Tu es une énigme ambulante, je reprends.

— Une quoi ?

— Une énigme. Tu n'écoutes jamais en cours ? Un mystère, un rébus, une devinette. Bref.

Son humeur est revenue au beau fixe quand il se gare en bas de mon immeuble.

— Je ne suis pas un mystère. Ce sont plutôt les autres qui font plein de suppositions sans jamais se soucier de découvrir la vérité.

Sous le clair de lune, cette conversation prend une tournure triste qui m'embarrasse. Comme je n'ai jamais été douée pour parler de choses profondes, je préfère descendre de la voiture. À peine ai-je ouvert la portière que la main de Brett me retient.

— Ton sac, Becca.

Il me le tend.

— Pourquoi est-ce qu'il est si lourd ?

Aïe. Brett est plus rapide que moi, il plonge la main dans mon sac avant que je l'en empêche et en ressort un livre. Je tousse, faisant semblant d'être surprise.

— Tiens, il était là, je bafouille.

— Tu as apporté un livre à mon match de foot ? s'offusque-t-il.

— Pas du tout.

Je débite tellement de mensonges en ce moment que j'ai du mal à suivre.

Brett remet le livre en place et me tend mon sac, pour de bon cette fois-ci. J'ai mal au dos à force d'être à moitié dans, à moitié hors de la voiture.

— C'était tellement désagréable pour toi de venir à mon match ?

Cette fois-ci, je réponds avec honnêteté :

— Pas du tout. Au contraire même, j'ai bien aimé.

— Alors pas de livre la prochaine fois, d'accord ?

Il me lance un regard de cocker. Je cède.

— Pas de livre, promis.

Je lui dis au revoir et m'éloigne. À mi-chemin de l'entrée de l'immeuble, Brett m'appelle. Sa tête dépasse par la vitre baissée comme celle d'un chien.

— Becca ! Tu fais quoi demain ?

Je suis prise brusquement d'une peur irrationnelle que ma mère entende cette conversation onze étages plus haut et surgisse comme un requin flairant le sang. Je fais taire Brett d'un signe de la main et cours vers la voiture pour chuchoter :

— Rien. Je vais réviser les…

— Les maths, je sais, et après ?

— Bah, c'est tout. J'ai une vie sociale très intense, tu vois.

Brett éclate de rire. Ce garçon ne sait faire que ça.

— Tu sors avec moi ? Je voudrais te montrer un truc.

— Quoi comme truc ? Un spectacle ?

Je ne veux pas que cette relation empiète aussi sur mes week-ends. Cinq jours de semaine, plus le vendredi soir, c'est suffisant.

— Juste une sortie entre amis. Tu as dit que j'étais un mystère, laisse-moi te démontrer le contraire. Cela n'a aucun sens si ma copine ne sait rien de moi.

Exact.

— Je sais que tu aimes le foot.

— J'aime aussi plein d'autres trucs.

— Quoi par exemple ?

— Tu verras demain !

Ce mec est drôle, il faut le reconnaître.

— Viens me chercher en début d'aprèm. Salut !

Je repars en courant avant que maman n'ait la mauvaise idée de regarder par la fenêtre.

Brett

Après avoir quitté Becca, j'essaie d'appeler mon père pendant près d'une heure, mais il reste injoignable. Où est-il ? Ma mère n'a pas réussi à le joindre non plus. Que fait-il de si important pour ne pas nous répondre, même par texto ? Je me raisonne, je rationalise : il est pris dans un enchaînement de réunions, ou bien il est à bord d'un avion et n'a pas Internet. Cela expliquerait son silence, cela excuserait son absence… Mais c'est tout de même incompréhensible, il n'a jamais oublié ni manqué un de mes matchs.

Samedi matin, je vais à la salle de gym avec Jeff pour me changer les idées. Il n'est d'aucune aide : il a littéralement explosé quand je lui ai parlé de mon père, parce que « ce n'est pas une bonne idée d'idolâtrer les gens, vu qu'ils ne sont jamais à la hauteur de nos attentes ». Mon père n'est pas « les gens » ni une célébrité ou une personnalité piochée dans un magazine. C'est juste mon père. Il a forcément eu un empêchement majeur. J'espère qu'il n'est pas à l'hôpital ou un truc du genre.

Bref, comme souvent et sans le vouloir, j'ai agacé Jeff. Il n'a pas la vie facile, ses parents travaillent 24 heures sur 24, il les remplace auprès de sa petite sœur, alors parfois, sa frustration déborde comme du lait sur le feu. Pourtant, je ne suis pas fou, mon père n'agit pas comme d'habitude... Je connais Jeff, il s'excusera lundi et tout redeviendra comme avant, on parlera foot tranquillement.

Me voici revenu en bas de chez Becca, j'attends qu'elle descende. Si elle a une petite douceur préparée par sa mère, ce sera encore mieux ! Bingo, la voici avec un sac en papier à la main. Elle sourit en me rejoignant dans la voiture. Je prends conscience que, nous deux, ensemble chaque jour, pourrait devenir la norme. J'aime bien cette idée.

— Salut, Brett ! dit-elle en agitant le sac sous mon nez. Je t'ai apporté une surprise.

Je me sens déjà mieux.

— Des cupcakes ? je demande, plein d'espoir.

— Mieux que ça !

Je tente d'attraper le sac, mais elle le retire aussitôt et le fourre dans le rangement de sa portière.

— Si j'aime ce que tu as organisé aujourd'hui, tu pourras le manger !

— Et si ça ne te plaît pas ?

J'ai droit à un sourire malicieux.

— Alors tu me regarderas manger !

Nous partons en direction de ma surprise. L'avantage de vivre à Crestmont, une bourgade de moins de dix mille habitants, c'est qu'il ne faut pas plus de dix minutes pour la traverser. Il y a l'école, l'église, un gymnase, un théâtre et quelques hôtels en bordure de ville pour les voyageurs de passage. Crestmont est l'étape d'une nuit, pas plus, il n'y a pas grand-chose à y faire.

Moi par exemple, j'ai prévu de partir d'ici après le lycée. Je voudrais décrocher une bourse pour le foot et aller étudier et vivre dans une grande ville. L'entraîneur nous a dit que les recruteurs viendraient bientôt nous observer pendant les matchs. J'aimerais être repéré, j'ai besoin d'un aller simple. C'est très important aussi que mon père me voie vivre son rêve.

Comme si elle lisait dans mes pensées, Becca me demande soudain :

— Tu as des nouvelles de ton père ?

J'apprécie sa question neutre, sans jugement. L'opposée de Jeff.

— Non, pas encore.

Je quitte Main Street en direction d'une route secondaire. Le gravier crisse sous les pneus, les nids de poule font bringuebaler la voiture. Becca a ouvert sa vitre, l'air humide s'engouffre à l'intérieur, mon tee-shirt colle à ma peau. Elle ne demande rien de plus, ce qui est pour le mieux.

Je tourne à gauche, puis me gare sur une petite place où il y a une pharmacie, une épicerie, un bureau de poste et…

— La vieille salle d'arcade ? interroge Becca.

Le soleil est pile en face et nous fait cligner les yeux.

— Oui !

Quelques lettres en néon sont défectueuses, on ne lit que « ARC ». Vu de l'extérieur, le bâtiment est délabré, les fenêtres semblent obturées, le parking est vide, on pourrait penser que l'endroit est fermé depuis plus de dix ans. À tort : c'est tout le charme de Crestmont, il faut être d'ici pour connaître les bonnes adresses.

— C'est ouvert, génial ! s'exclame Becca. Je ne suis pas venue ici depuis des années.

Tout est très calme autour de nous, la ville paraît endormie. Pas un brin de vent, pas une voiture, on entend juste le crissement des graviers sous nos pas et le bruissement du sac en papier de Becca.

Je la laisse entrer la première. L'air conditionné nous saute à la figure, comme une bouffée d'enfance. On reste quelques secondes sans bouger, puis j'entraîne Becca à travers la série de portes automatiques qui mènent à la salle principale. Je la tiens par la main, pas pour jouer la comédie, mais par plaisir. Je me sens bien dans la peau de mon personnage !

L'arcade est exactement comme dans mes souvenirs : faiblement éclairée, avec ses rangées et ses rangées de machines. Sur la gauche, le comptoir pour échanger les jetons, la vitrine des peluches et des bijoux en plastique. L'odeur qui flotte est toujours ce mélange de pop-corn et de renfermé. Près de moi, Becca ouvre de grands yeux.

— Je croyais que ça avait fermé il y a des années. J'ai fêté mes sept ans ici ! J'avais gagné le jackpot à la Roue de la fortune !

Samson, le patron, toujours aussi placide, nous observe du coin de l'œil. Je m'approche du comptoir pour lui serrer la main.

— Bonjour, Sam.

Ses cheveux grisonnent maintenant. La salle d'arcade avait effectivement fermé pendant sa maladie, Sam a rouvert l'été dernier. Pendant son absence, je venais de temps à autre vérifier que personne ne dégrade les lieux.

— Salut, fiston. C'est qui, la demoiselle ?

— Becca, mon amie !

— Bonjour, Sam. Ça me fait plaisir de vous revoir. Je ne savais pas que vous aviez rouvert.

— Sans lui, l'arcade n'existerait plus, bougonne Sam en sortant deux sacs de jetons. Profitez-en bien, vous êtes seuls.

Je le remercie, paie les jetons et pars avec Becca à la recherche d'une machine.

— Comment ça, sans toi, l'arcade n'existerait plus ? murmure Becca.

Je lui raconte en deux mots le cancer de Sam. Becca plisse les yeux comme pour essayer de me décoder. Puis on s'installe devant un jeu de courses et Becca s'assoit lentement devant le volant bleu.

— Un problème ?

— Je ne sais pas conduire, répond-elle.

J'éclate de rire, je suis même plié en deux devant sa mine archi sérieuse. Elle me toise d'un regard noir qui m'oblige à me calmer.

— Ce n'est pas de la vraie conduite, Becca, je suis sûr que ça va aller.

J'attrape ses mains et les positionne sur le volant.

— Tu fais tourner à droite ou à gauche et tu freines ici. OK ?

Elle est trop mignonne avec ses sourcils froncés.

— Le frein, c'est ce truc-là ?

— Oui !

— D'accord. Vas-y, mets les jetons. Brett...

— Oui, quoi ?

— Ne joue pas au chevalier servant en faisant exprès de me laisser gagner. Je n'aime pas ça.

J'essaie de décrypter le message.

— Tu trouves que ce serait... condescendant ?

— Oui.

— Bien, madame.

Le jeu commence. Becca est nullissime, elle recule au lieu d'avancer. Lorsqu'elle parvient enfin à faire un demi-tour, elle se retrouve aussitôt hors-piste, fauche des spectateurs ou roule sur l'herbe. Une catastrophe ! Je suis presque malheureux de gagner chaque tour sans pouvoir l'aider, vu qu'elle refuse toute chevalerie. Pour lui montrer combien je suis respectueux de ses règles, je pousse un hurlement quand je gagne la partie et les billets de fausse monnaie qui accompagnent la victoire.

— Moins fort, tu me déconcentres, grogne-t-elle en fixant l'écran.

Des images de la partie défilent sous ses yeux, on voit sa voiture percuter un arbre ! Je propose un autre jeu. Une roue divisée en différentes sections, avec, sur chacune, une somme. Le jackpot est de mille, le plus petit gain est de cinq. Je lance la roue (je suis surpris qu'elle tourne encore malgré son âge). Le pointeur s'arrête sur cent. Ensuite, c'est au tour de Becca. Cinq cents. Son sourire revient, c'est la revanche, elle encaisse les billets.

Le jeu suivant s'appelle le Skee-Ball, une table en longueur avec une rampe et des trous dans un plateau supérieur. On joue avec des balles. Le but est de les faire entrer dans l'un des trous. Plus il est petit, plus le prix est grand.

— On va pimenter le jeu, je propose : le gagnant a le droit de poser une question à l'autre. Pour mieux se connaître. C'est ce que tu voulais, non ?

— Ça marche.

Becca lance la première balle. Joli coup, elle atterrit directement dans le trou du milieu, le plus petit. Je siffle, Becca est toute joyeuse.

— Impressionnant ! Vas-y, pose ta question.

— Pourquoi tu connais si bien cet endroit ? Tu as l'air très proche de Samson, raconte.

— J'ai travaillé ici un été, quand j'avais quinze ans.

— Mais... Je croyais que tes parents étaient...

Riches, c'est ce que Becca allait dire, mais elle s'est arrêtée juste avant. Elle s'en mord les lèvres, mal à l'aise.

— Ils ont les moyens, je sais, mais j'adore l'arcade depuis toujours. C'est la seule autre activité que je partageais avec mon père, en dehors du foot. Alors quand j'ai lu que Sam avait besoin d'aide, je me suis porté volontaire. Comme il n'avait pas les moyens de me payer, j'ai eu le droit de jouer autant que je voulais et de manger plein de pop-corn ! C'était génial.

Je lance la balle mais rate mon tir. C'est à nouveau le tour de Becca. Mon histoire l'a déstabilisée, son bras tremble un peu, elle vise à côté.

À moi. Cette fois-ci, bingo, je tombe dans un trou à cinq cents points.

— C'est quoi, ta couleur préférée ? je demande, pas très inspiré.

— Toutes.

Elle tire et marque à nouveau un joli coup.

— Ton plat préféré ? me demande-t-elle.

— Les hamburgers. Et les frites !

Mon tour… Raté. Zut, je suis nul. Becca joue. Encore gagné.

— À quel âge as-tu embrassé une fille pour la première fois ?

— Treize ans. Pendant la récré ! On avait tous les deux un appareil dentaire, c'était horrible.

Becca éclate de rire. Mon tour. Cette fois-ci, je marque.

— Est-ce que tu es proche de ta mère ?

Elle sourit en ramassant une autre balle.

— Oui, très, répond-elle en tirant.

Raté. Je joue et marque.

— À quoi tu pensais quand j'ai dit que j'avais travaillé ici ? Tu me regardais bizarrement.

— Rien… Enfin, juste que tu es différent de ce que j'avais imaginé avant de te connaître.

— C'est-à-dire ?

— Finalement, je trouve que c'est facile de parler avec toi, alors qu'en théorie, c'est l'inverse avec les gens attirants. Je ne l'ai pas inventé, c'est scientifique !

— Tu penses que je suis…

— Oui. Et sympa aussi. Tu es venu aider Samson quand il était malade, tu as travaillé pour lui sans rien attendre en retour. N'importe qui ne fait pas ça… C'est vrai qu'à l'école, tout le monde dit que tu es un mec cool, gentil et tout, je le sais, mais maintenant, je l'ai vu de mes propres yeux, c'est différent. Tu comprends ? J'ai l'impression de divaguer.

Je souris quand elle a fini de parler.

— Non, tu ne divagues pas.

Euh… Peut-être un peu quand même !

— Bien.

Elle le dit comme si elle avait compris que je mentais. Encore cent points pour elle à la balle suivante.

— Est-ce que tu regrettes notre fausse relation ? me demande-t-elle.

— Pas du tout.

Je ne regrette pas une seule seconde. D'ailleurs, être avec Becca me semble de plus en plus normal, j'aime sa compagnie. Je suis à l'aise avec elle comme je ne l'ai jamais été auparavant. C'est comme si on avait sauté la phase délicate du début, celle où on se retient d'être soi-même. Avec Becca, j'ai l'impression de ne rien dissimuler, de ne rien embellir, je suis juste moi-même.

Il y a cette gentillesse en elle, et cette intelligence aussi, comme si elle comprenait plus de choses qu'elle n'en laissait paraître. J'aime ça.

— Moi non plus, répond-elle.

Sa soudaine timidité me rappelle notre tout premier moment dans le couloir, lorsque que je l'ai embrassée.

Je ramasse la dernière balle et tire. Raté. Dommage, parce que j'avais une question parfaite à lui poser. Ce sera pour plus tard.

Au bout d'une heure, le stock de jetons est épuisé. J'en rachète une deuxième série. On joue jusqu'à ce que les billets débordent de nos poches et de nos mains. J'en ai glissé dans ma ceinture, ils s'envolent quand je marche ! Hilare, Becca court derrière moi pour les ramasser. À nous deux, nous avons gagné une bague en plastique rouge surmontée d'une rose, un paquet de boules de gomme un peu piquantes et une baleine bleue en peluche.

Une fois dehors, Becca enfile la bague et nous mangeons tout de même les boules de gomme en nous demandant comment nous partager la baleine bleue. L'air est plus frais, une brise s'est levée et agite les feuilles des arbres. Les cheveux de Becca tourbillonnent autour de son visage, une mèche se rabat systématiquement devant ses yeux. Après le dernier bonbon, elle sort enfin le sac en papier – où était-il tout ce temps, je l'ignore – et le place sur mes genoux.

— Alors, ton verdict ? Tu t'es bien amusée aujourd'hui ? Je suis autorisé à manger cette fameuse surprise ?

— Oui, tu peux !

Je commence par une petite danse de la victoire avant d'ouvrir le sac. À l'intérieur, quatre petites boules glacées au sucre blanc qui embaument la vanille. Je croque dans la première. Une tuerie.

— Ce sont des cloches glacées. Une pâte à beignet fourrée de gelée de fraise, glacée au sucre vanillé. C'est la toute première recette que ma mère a perfectionnée. À l'origine, ça s'appelait boule en gelée mais, comme c'est mon dessert préféré, ma mère l'a rebaptisée « Clochette ».

J'écoute Becca, mais j'avoue que mon estomac est désespérément en manque et que ces petites choses sentent le paradis, du coup je me jette sur une deuxième clochette pour ne pas tomber raide d'inanition. Becca déguste, moi j'engouffre. J'ai peut-être même gémi de bonheur en l'avalant.

— Tu te souviens quand tu m'as demandé mon plat préféré ? je demande à Becca, la bouche pleine. Eh bien, tu oublies ! Je change pour les clochettes !

On reste assis jusqu'au coucher du soleil. Sur le trajet du retour, Becca parle des jeux qu'elle a préférés et pourquoi. Elle n'arrête pas de faire tourner la bague à son doigt. La baleine bleue trône sur le tableau de bord.

Quand j'arrive devant chez elle, je coupe le moteur, mais au lieu de sortir, Becca ne bouge pas : elle s'absorbe dans la contemplation du ciel. Je crève d'envie de lui demander à quoi elle pense, mais je me retiens.

Au bout d'un moment, elle dit :

— Tu as de la chance d'avoir une famille comme la tienne, Brett. Pas pour l'argent, mais parce que tu vis avec tes deux parents, et qu'ils te montrent à quoi ressemble l'amour. Ne le prends pas mal, mais je crois sincèrement que tu ne devrais pas en vouloir à ton père parce qu'il a manqué ton dernier match. Juste un match. Pense à tous ceux où il était là, toutes ces fois où il a fait l'effort de te soutenir… C'est ça qui compte, pas la seule fois où il n'a pas pu le faire.

Ensuite, elle sort de la voiture, agite la main, puis disparaît à l'intérieur de l'immeuble. Je reste un moment là, sans bouger, en pensant à la chance que j'ai d'avoir choisi une fausse petite amie aussi géniale.

Becca

Quand j'arrive, je trouve maman dans la cuisine, concentrée sur son cahier avec un crayon à la main. Le four est allumé, elle porte son tablier, l'appartement embaume, les trois indicateurs qu'elle travaille sur une nouvelle recette.

— Te voilà, ma chérie, tu as passé une bonne journée ?

— Ça peut aller.

J'attrape une bouteille d'eau et m'accoude au comptoir.

— Tu as fait quoi, avec Cassandra ?

J'ai menti hier soir en expliquant à maman que je passerais la journée chez Cassie pour l'aider à remplir ses demandes d'admission à l'université. Certains mensonges, comme celui-ci, sont nécessaires. Je ne voulais pas risquer un deuxième méli-mélo Brett-ma mère.

— Euh… J'ai passé du temps sur ses lettres de motivation, je réponds en évitant de croiser son regard.

Ma mère (toutes les mères, non ?) a le chic pour deviner si je mens. Comme si elle lisait sur mon visage. L'astuce consiste à en dire le moins possible et à sortir précipitamment de la pièce. Je repars donc en vitesse, mais voilà que ma mère me rappelle.

— Becca, j'ai oublié ! Cara vient d'appeler.

Je me fige, puis me tourne lentement et croise le regard maternel. Rien de bon ne peut sortir d'une conversation avec la mère de Cassie.

— Elle nous invite à dîner ce soir. Je lui ai dit que c'était drôle, parce que tu étais déjà chez elle. Et tu sais ce qu'elle a répondu ?

Je rentre la tête dans les épaules, prête pour l'impact.

— Que tu n'étais pas là.

Je ris jaune.

— Très drôle, maman. Elle est myope, tu sais bien. Elle n'avait pas ses lunettes, c'est bizarre pour une myope. Je n'ai pas bougé de la chambre de Cassie, c'est pour ça.

— Becca.

Les digues lâchent d'un coup.

— OK, je n'étais pas avec Cassie, j'étais avec Brett, je marmonne dans ma barbe.

Je ne savais pas qu'il était physiquement possible que le visage de ma mère passe de l'état bouleversé à incroyablement heureux en moins d'une seconde. Mieux qu'un changement de masques chinois. Elle rayonne, regonflée à bloc.

— Le garçon de la pâtisserie ? chuchote-t-elle comme si Brett était en train de nous écouter.

— Oui.

— Vous avez fait quoi pendant tout ce temps ? me demande-t-elle d'un ton calme.

J'apprécie qu'elle se retienne, ça change un peu. Je parle de l'arcade (elle aussi est surprise que cela existe toujours), et de ses clochettes que Brett a adorées (elle me fait répéter plusieurs fois). Je dois insister pour qu'elle comprenne que, non, je ne suis pas amoureuse, que c'est seulement un ami. À ce moment-là de l'histoire, je remarque son état d'ébullition : ma mère fait presque des bonds sur son siège. Je me dis alors qu'il est grand temps d'abréger et de me barrer en vitesse.

— Allez, c'est bon, maman, j'ai un contrôle de maths à préparer. On reprendra l'interrogatoire demain.

Le minuteur sonne au même moment, ma mère enfile son gant de cuisine et se lève. Ça sent si bon que j'hésite à partir maintenant, j'ai vraiment envie de goûter ce qu'il y a dans le four. Elle pique un couteau pour vérifier la cuisson, puis sort une plaque de muffins. Miam, il y en a aux raisins.

— À propos de demain matin, j'aurais besoin que tu viennes m'aider… Ne fais pas cette tête, Becca ! Juste une heure ou deux à l'ouverture, après tu pourras rentrer à la maison.

— Mamaaaan, demain, c'est dimanche, je gémis.

— Je te ferai des clochettes à emporter lundi matin. Tu pourras les partager avec qui tu veux ! ajoute-elle avec un clin d'œil.

Référence peu subtile à Brett. Je cède. C'est le pouvoir des cloches glacées.

— Pas plus de deux heures, d'accord ?

— Promis.

Je vais dans ma chambre, travaille dix minutes, puis retourne chiper un muffin. Honnêtement, cela me redonne de la motivation ; je me lance enfin dans le travail scolaire que j'aurais dû débuter depuis deux jours. Avoir un faux copain est peut-être palpitant, mais je ne peux pas pour autant arrêter d'être une bonne élève, surtout avec les dossiers d'admission universitaire en ligne de mire. Je ne sais toujours pas ce que je veux faire de ma vie. Ce que j'adore, c'est la lecture. Je pourrais choisir littérature. Ou écriture créative. Parfois, je me dis que je choisirais d'abord une année sabbatique comme Cassie, pour rester à la maison et aider ma mère… Ça me donnerait douze mois de plus pour réfléchir à l'avenir. Si je n'obtiens pas de bourse pour couvrir les frais de scolarité, je ne suis même pas sûre de pouvoir me lancer dans des études supérieures, ma mère ne gagne pas assez pour ça… Pourtant, j'ai envie de quitter Crestmont. C'est ma ville natale, j'y suis bien, mais il y a tellement à explorer au-delà des casiers bleus du lycée.

Une fois en pyjama, dans mon lit, avec la lumière éteinte, mon portable vibre. Texto de Brett. C'est un selfie de lui, allongé dans son lit, les yeux fermés.

Un autre texto arrive juste après. « *Moi en train de rêver aux clochettes glacées.* »

Je souris. La bague à la rose est posée sur ma table de chevet. J'éteins mon portable et m'endors.

Ma mère et moi avons nos habitudes pour ouvrir la pâtisserie. Elle file en cuisine pour mettre en route les fours, préparer une première pâte à cupcakes, dégeler les coques de cannolis, etc., pendant que je prépare le magasin : je désempile les chaises et les répartis, j'essuie les tables, les comptoirs, je balaie à nouveau les sols, je vérifie qu'il y a de la monnaie dans la caisse enregistreuse et à huit heures précises, je retourne le panneau « ouvert » et déverrouille la porte d'entrée. Ce matin, il y a déjà deux dames qui attendent dehors. Elles viennent chercher une commande. Je préviens maman.

Le dimanche est la journée la plus chargée. Maman dit que c'est à cause des Crestmontois qui aiment commander des pâtisseries pour leurs repas dominicaux en famille. Je suis un peu jalouse. Comme mon père et ma mère étaient enfants uniques, je n'ai ni oncles ni tantes, ni cousins ni cousines. Personne. Mes grands-parents maternels sont morts depuis longtemps, j'étais trop petite, je n'ai aucun souvenir. Les parents de mon père sont toujours en vie, mais depuis leur retraite, ils ont déménagé en Floride. Je ne crois pas qu'ils aient envie de me voir, je n'entends jamais parler d'eux.

Ma mère rapporte les commandes emballées des deux dames. Elle dépose également une pile de feuillets roses près de la caisse. Ce sont des annonces promotionnelles. Je n'étais même pas au courant.

— Maman, c'est quoi ça ?

— Les affaires ont été un peu calmes ces derniers temps, ma chérie. Il faut essayer d'en donner aux clients, faire passer le mot dans toute la ville.

Sous le logo Hart Cupcakes, est écrit « Un cannoli gratuit pour n'importe quel achat. »

— On donne des gâteaux gratuitement ?

Ma mère ne répond pas, elle fait semblant de s'affairer à droite à gauche, essuie des miettes inexistantes sur le comptoir.

— Maman ! C'est quoi cette campagne publicitaire ? Les affaires ne marchent pas bien ? Tu me caches quelque chose ?

Elle ajuste son tablier, fait son sourire ne-t-inquiète-pas-pour-ça-tout-va-bien et me regarde enfin droit dans les yeux.

— J'essaie simplement une nouvelle stratégie pour attirer des clients. Tout va bien, tu n'as pas à t'inquiéter. Je te demande juste d'en distribuer autour de toi. Mets-en systématiquement un dans les sacs des clients. Ce n'est pas sorcier !

— OK, maman, je soupire.

Elle me souffle un baiser avant de disparaître dans l'arrière-boutique. Je préfère ne pas creuser, si elle dit que tout va bien, alors tout va bien.

La boutique est vide. J'en profite pour commencer à réviser mes théorèmes de maths. Chaque minute grappillée compte. J'en suis à la moitié d'un chapitre quand la cloche d'entrée résonne. Hop, je referme mon manuel, lève les yeux et… me fige. Jenny est là. Elle porte une veste rose en jean, bien trop chaude pour la saison.

— Je viens chercher la commande de mon frère, dit-elle sans préambule.

— À quel nom ?

— Parker.

Je parcours la liste dans le livre de commandes, coche le nom, et préviens ma mère.

— Il n'y en a pas pour longtemps, dis-je, mal à l'aise, en rouvrant mon manuel parce que je ne sais pas quoi faire d'autre.

Jenny hoche la tête, se montre intéressée par la boutique.

— C'est à ta famille ? s'étonne-t-elle.

Notre amitié s'est terminée avant l'ouverture de la pâtisserie, elle n'est pas au courant.

— À ma mère, oui.

— Comment va Brett ? dit-elle, en sautant du coq à l'âne.

L'eau a coulé sous les ponts, c'est moi qui ai un copain maintenant. Pas elle.

— Bien.

Le silence s'étire. J'ai envie de rentrer sous terre et ne plus jamais en ressortir. Jenny pioche un dépliant publicitaire, le lit, le replie, joue avec les coins.

— Tu aurais pu me dire que tu sortais avec quelqu'un… Je sais qu'on n'est plus très proches, mais quand même… C'est quoi, ça ? ajoute-t-elle en agitant le dépliant.

Il me faut une seconde pour intégrer ce qu'elle vient de me dire.

— Maman cherche à développer sa clientèle, j'explique.

— Un cannoli gratuit pour tout achat, lit Jenny. Ça commence aujourd'hui ?

— Oui… Enfin, je crois.

Un siècle plus tard, ma mère arrive avec la commande de Jenny et me chuchote un « flyers » à l'oreille. J'en glisse un dans le sac avant de le tendre à Jenny.

— Pour passer le mot autour de toi, je marmonne.

Ses yeux vont de mon visage au dépliant et vice-versa. Les secondes s'éternisent. Elle attrape soudain un paquet de dépliants et les fourre dans son sac, puis elle s'en va sans un mot.

— C'était Jennifer ? demande maman en repassant la tête par la porte.

Cette éternelle commère !

— Oui.

— Elle a l'air différente. Vous êtes toujours amies ?

Je me souviens très bien du jour où je lui ai raconté que tout était fini entre Jenny et moi. On va dire qu'elle ne s'en souvient pas parce qu'elle lançait la boutique à ce moment-là.

— Non, plus maintenant.

— Elle a pris des dépliants, c'est gentil de sa part. Je t'avais dit que ça marcherait !

Puis ma pipelette de mère repart en cuisine. Je ne suis pas convaincue du succès garanti de sa campagne publicitaire. Qui sait si Jenny ne va pas se débarrasser de la pile dans une poubelle ? Ma mère ne s'en soucie pas le moins du monde, j'entends déjà son batteur électrique. Du coup, je rouvre mon manuel de maths. Les deux heures filent tranquillement.

Lorsque l'horloge marque dix heures, je pars. Il n'y a pas eu d'autre élève du lycée. Direction la maison, avec mon casque vissé sur les oreilles pour écouter de la musique, la tête dans les nuages.

Mais voilà que mes pieds me refont le coup de la dernière fois, ils m'amènent dans un endroit différent de celui où j'avais prévu d'aller : j'ai descendu tout Main Street, au lieu de bifurquer. Deuxième à droite et me revoici dans la rue de mon père. Sa maison n'a pas changé, à l'exception d'un panneau planté dans la pelouse : une cigogne rose, tenant un bébé emmailloté. Je ne peux m'empêcher d'approcher pour lire ce qui est écrit. *Pénélope est née.* J'ai une sœur. Moi, qui ai passé ces dernières années en enfant unique, j'ai maintenant une demi-sœur. Je trébuche sur une anfractuosité du trottoir et m'écorche méchamment le genou.

Une petite sœur.

Une paire de baskets blanches fait son apparition dans mon champ de vision. Une femme. Qui m'observe d'un air inquiet. Sa bouche remue mais mon cerveau ne distingue pas ses mots. Il est bloqué, mes yeux ne voient que son ventre, plus plat qu'avant.

— Tout va bien ? me demande la nouvelle épouse de mon père (ou sa compagne ?).

Quand elle me tend la main pour m'aider, je remarque son alliance : l'épouse. Je me relève seule, puis frotte la saleté sur mes vêtements.

— Oui.

Mon genou dégouline de sang.

— J'ai ce qu'il faut à l'intérieur. Suis-moi, me dit-elle.

Je monte les marches du perron dans un état second. Elle sait forcément qui je suis, personne ne laisserait entrer une parfaite inconnue dans sa maison. La deuxième pensée qui vient bousculer la première, est *Oh, mon Dieu, et s'il est à la maison ?* Je jette un coup d'œil à l'allée, pas de voiture. *Ouf.*

Je continue d'avancer, mes pieds flottent, mes jambes flageolent. La culpabilité, ce sentiment trop familier, me tord les boyaux. J'imagine la tête de ma mère si elle me surprenait sur le point d'entrer chez lui. Une vraie trahison. Comme à chaque fois que je pense à mon père. Mais là, en cet instant précis, à la culpabilité s'ajoute la curiosité. Je voudrais juste un aperçu de sa vie. Un tout petit coup d'œil. Peut-être cela me guérira-t-il, je ne reviendrai jamais plus après.

J'entre.

Les murs sont bleus. On dirait qu'un enfant s'est amusé à badigeonner un ciel. Des photos encadrées sont accrochées sur un pan. On y voit mon père et sa nouvelle épouse, heureux, visages souriants. Il y a aussi des photos du bébé. Pénélope a de grands yeux bruns et une petite fossette sur la joue. J'ai l'impression d'avoir levé un voile sur la nouvelle vie de mon père. Mais aucune photo de moi. Rien de rien sur ce qui a constitué sa famille pendant douze années. Ma mère et moi avons passé les cinq dernières à recoller péniblement les morceaux de nos vies alors que lui reconstruisait la sienne en nageant dans le bonheur.

Sa femme revient les mains chargées de boîtes. J'aimerais lui demander son prénom. Comment elle a rencontré mon père. Depuis quand ils sont mariés. S'ils se connaissaient avant le divorce.

— Tamponne la plaie avec ça, dit-elle en me tendant une compresse imbibée.

J'ai alors une pensée bizarre : elle va se servir de la compresse pour pratiquer un test ADN et savoir qui je suis… N'importe quoi, Becca, tu es ridicule.

Je la remercie. Ça pique quand je nettoie le sang. J'essuie ensuite ma jambe. Il n'y a aucun bruit. Pas de pleurs de bébé, pas de fond sonore. Ma mère laisse toujours la radio allumée, même quand personne n'est présent. J'ai soudain la chair de poule, je me sens bizarre, et sale. Il faut que je parte de là en vitesse. J'imagine la voiture de mon père se garant dans l'allée, je l'imagine lui, poussant la porte d'entrée. Ses deux mondes réunis en un seul. Aurait-il un choc ?

— Tu t'appelles comment ? me demande la femme.

Finalement, elle ne sait pas qui je suis. Normal. Ma mère et moi n'existons pas pour mon père.

— Cassie.

Elle sourit. Elle a les dents du bonheur. Et une drôle de façon de souffler en l'air pour écarter ses boucles qui retombent sur ses yeux. Je déteste cette manie. Je voudrais qu'elle soit grossière. Qu'elle soit truffée de défauts qui la rendraient détestable. Au lieu de cela, elle semble gentille. Le genre de personne qui donne des pansements aux étrangères.

— Tu habites près d'ici ?

Je secoue la tête. Je recule d'un pas. Ma culpabilité se contorsionne à l'intérieur, remonte, atteint mes poumons, ma respiration devient difficile. C'est mal, ce que je viens de faire. Tellement faux. Je marmonne un au revoir et pars en courant. Je cours en vérifiant l'allée, la rue, les voitures qui passent. Je crois entendre mon nom alors que je suis déjà loin. Je ne regarde pas en arrière. Je continue de courir sans m'arrêter jusqu'à mon immeuble. J'entre chez moi à bout de souffle. Je verrouille la porte, je me mets à l'abri du monde extérieur, puis je m'effondre sur le sol, genoux serrés contre la poitrine. Je ferme les yeux, j'attends que mon rythme cardiaque ralentisse.

Je pensais que ça m'aiderait.

Je pensais que j'irais mieux après.

Mais c'est tout l'inverse, c'est même pire.

Pourtant, leur maison semble normale. Il n'a rien de spécial chez eux, rien d'extravagant. Sa femme est gentille… Ma mère aussi était gentille. Il a une autre fille maintenant… Mais il m'a eue avant.

Pourquoi remplacer l'une par l'autre ? Je pensais trouver des réponses, mais j'ai encore plus de questions.

Je gémis, je me traîne jusqu'à ma chambre, je suis de mauvaise humeur. J'aurais dû rentrer directement à la maison sans aller me mêler des affaires des autres.

Même si mon père habite à quelques rues de chez moi, nous appartenons à deux mondes différents. J'ai été idiote de vouloir lorgner le sien. Si ma mère l'apprend, elle se sentira blessée. Trahie par sa propre fille. Elle pensera que ma vie avec elle ne me suffit pas... Ce qui est vrai. Tellement vrai. Cinq années de questions en suspens, c'est long, c'est lourd. Et attendre les réponses à des questions que je ne peux pas poser alourdit encore le fardeau.

Mon cœur saigne, comme le jour où mon père est parti. Une douleur lente, subtile, ensuite les flammes montent et dévorent tout sur leur passage. Alors je m'absorbe dans la seule chose dont je suis capable en attrapant un livre. N'importe quel livre. Je ne le choisis pas, je ne lis même pas son titre, je vais directement au dernier chapitre parce qu'il me faut un dénouement heureux, tout de suite. C'est mon remède. Je lis, je lis, je relis, encore et encore jusqu'à ce que la réalité s'efface et laisse place à la fiction.

Brett

Dimanche matin, quand le taxi se gare devant notre maison, maman et moi sortons sur le perron pour accueillir mon père. Il est là, tout sourire, bagages à la main. Je vais au-devant de lui pour l'aider. Il me pose des questions sur le match de foot, s'excuse de ne pas être rentré à temps, me tape dans le dos quand je lui dis que nous avons gagné. Je pense à la remarque de Becca et me souviens des nombreuses fois où mon père était présent pour m'encourager. Je suis heureux de le revoir, heureux que notre famille soit de nouveau réunie.

Ce soir-là, pour le dîner, maman commande un repas dans le restaurant préféré de mon père. Elle est silencieuse, touche à peine sa nourriture. Je lui demande plusieurs fois si elle va bien, mais elle se contente d'acquiescer en guise de réponse. Je bombarde mon père de questions sur son séjour à New York : comment c'était ? Est-il allé à Central Park ? À Times Square ? Il était trop occupé par son boulot pour faire du tourisme, répond-il. Ce qui est sensé.

Quand il annonce un nouveau déplacement pour le week-end prochain, ma mère renverse son verre de vin sur la table. Il y en a partout sur la belle nappe blanche. On reste figés une seconde avant qu'elle ne s'enfuie dans la cuisine et en revienne avec un rouleau de papier absorbant. Elle pleure, ses mains tremblent, et elle n'arrête pas de s'excuser. Mon père la prend par les épaules et l'entraîne vers leur chambre. J'entends la porte se refermer. C'est étrange. Vraiment bizarre.

Je me charge du nettoyage, débarrasse les assiettes, puis monte les bagages de mon père à l'étage. La porte de leur chambre est toujours fermée. J'entends des chuchotements. Mon père présente ses excuses pour être si souvent absent. « Je fais ça pour nous », dit-il. Ma mère pleure toujours. Ça a toujours été dur pour elle d'accepter les voyages d'affaires de mon père, et ces derniers mois, il s'est absenté encore plus souvent. Cela a commencé avec des week-ends par-ci, par-là, qui s'ajoutaient aux déplacements. Si je réfléchis bien, il y a de plus en plus de week-ends maintenant. C'est dur pour elle. C'est dur pour moi. Mais il revient toujours, c'est le plus important, non ?

Quand les chuchotements cessent, je me précipite vers ma chambre pour ne pas être surpris en train d'écouter aux portes. C'est bizarre de se déplacer sur la pointe des pieds dans sa propre maison. Mes parents n'ont jamais eu de secrets auparavant. Ma mère n'a jamais réagi de cette façon quand il lui arrivait de renverser un verre. L'ambiance était toujours gaie et festive quand mon père rentrait à la maison. C'est une première aujourd'hui.

Je m'allonge sur mon lit en attendant que mon père frappe. Il me rapporte toujours un cadeau de ses voyages. La dernière fois, c'était une casquette de Chicago. Les fois d'avant, une montre de Washington, un porte-clés de Caroline du Nord.

Cette fois-ci, il ne m'a rien rapporté.

Une autre première.

Le lendemain, il pleut. Le ciel reste gris toute la matinée, il y a des coups de tonnerre. Becca boude d'être obligée de déjeuner à la cafétéria, pourtant je nous ai trouvé une table pour deux, à l'écart. Les curieux nous regardent, mais je les ignore. Quand elle sort un livre de son sac et commence à lire, je ne pose aucune question. Moi aussi, j'ai besoin de ruminer dans mon coin.

Avant de partir ce matin, j'ai encore trouvé que ma mère agissait bizarrement : elle n'était pas levée quand je me suis réveillé. Pourtant, elle ne dort jamais après huit heures. Je suis passée la voir pour lui demander si tout allait bien, elle a prétendu que oui. Je ne l'ai pas crue une seconde, mais il était l'heure de partir chercher Becca.

Mon père est au bureau cette semaine, l'ambiance familiale devrait revenir à la normale. Au lieu de cela, on dirait qu'elle s'est encore plombée d'un cran. Et le pire, c'est que mes parents gardent le secret sur le problème.

— Tu lis quoi ? je finis par demander.

— Chut ! répond-elle sans quitter son livre des yeux.

— Allez, Becca !

Elle continue de m'ignorer.

— Juste la couverture. S'il te plaît !

Ses yeux restent fixés sur la page. Rapide comme l'éclair, je lui retire le livre des mains. Oooooh, ce regard noir…

— Brett ! Rends-le-moi !

Elle est d'une humeur de bouledogue. Aïe. Je n'aurais pas dû, mais je voulais juste voir la couverture.

— *La Dernière Chanson.*

Je lis rapidement la quatrième de couverture pour avoir une idée, puis recommence, histoire d'être un mec pénible (qu'est-ce qui m'arrive aujourd'hui ?).

— C'est bien comme livre ?

Elle me l'arrache des mains.

— Oui.

— Je peux te poser une question ?

— Non.

— Pas sympa, ma copine, en plus de ma matinée pourrie.

Elle lève enfin les yeux vers moi et referme son livre.

— Qu'est-ce qui se passe ?

Becca regarde autour d'elle, comme si elle se souvenait soudain que nous sommes entourés de monde. Je la vois se recroqueviller sur son siège. Pendant un bref instant, j'hésite à lui exposer mon inquiétude, ce n'est pas si simple. Mais l'attention de Becca me donne du courage. Elle a l'air sincère et concernée, comme dans la voiture après l'arcade. J'ai confiance et j'ai aussi le sentiment qu'elle peut m'aider à comprendre.

Alors je vide mon sac en lui racontant tout, depuis le dîner plombé jusqu'à la conversation murmurée entre mes parents, le fait que mon père ne m'ait rien rapporté de New York et le comportement de ma mère ce matin. À aucun moment, Becca ne lève les yeux au ciel ou affirme que j'exagère. Elle ne m'accuse pas de trop admirer mon père comme Jeff l'aurait fait. Elle ne me traite pas de bébé pourri gâté qui ne supporte pas que ses parents lui cachent la moindre chose. Au lieu de cela, elle prend ma main dans la sienne. Ce n'est pas pour épater la galerie ou donner le change auprès des curieux, mais pour me soutenir.

— Tu n'as rien demandé de plus à ta mère ?

— Je n'ai pas osé. Elle était à moitié endormie… et triste aussi. Je n'ai pas voulu en rajouter.

Becca hoche la tête, sourcils froncés. Elle a vraiment l'air concernée.

— Arrête de cogiter, tranche-t-elle. Oui, c'était une drôle de soirée, mais tu devrais attendre de voir la suite avant de t'affoler.

Plus facile à dire qu'à faire. Je suis déjà complètement paniqué.

— Tu as besoin de te distraire, reprend-elle. Moi, j'ai la lecture pour ça. J'entre dans un autre monde quand je lis, tous les problèmes de ma vie s'envolent. Ça aide.

Réalisant qu'elle vient de se livrer, Becca rougit. C'est mignon.

— Change-toi les idées, insiste-t-elle avec sérieux.

Et elle rouvre son livre. Soudain, ça fait tilt dans ma tête, je comprends que Becca cherche à s'évader, en ce moment même, dans la lecture. Qu'est-ce qui la tracasse à ce point ?

— Tu as fait quoi hier ?

— J'ai aidé ma mère à la pâtisserie et révisé les maths.

— C'est tout ?

— C'est tout, répond-elle, la tête obstinément penchée sur son livre.

Durant les minutes qui suivent, je mange mon hamburger et Becca lit en silence. Jeff arrive alors et s'installe près de moi. Il est trempé, ses cheveux et ses vêtements ruissellent, une petite flaque se forme sur le sol.

— J'avais oublié mon déjeuner dans la voiture.

Jeff déballe un sandwich détrempé lui aussi, puis s'ébroue comme un chien, ce qui projette des gouttes d'eau partout. Becca rugit en fourrant son livre sous la table. J'enfonce mon coude dans les côtes de ce crétin de Jeff.

— Quoi ?

Une feuille de laitue pend au coin de sa bouche.

— Tu fais quoi là ? je demande.

— Bah… Je mange avec mon meilleur ami et sa copine.

Becca fixe Jeff comme si un extraterrestre venait de débarquer.

— Euh… Becca, je te présente Jeff. Jeff, Becca.

Jeff sourit à pleines dents, la feuille de laitue tombe sur ses genoux. Becca repose prudemment son livre sur la table.

— Tu es en maths avec moi, lui dit-elle.

— Ouais, je crois. Tu as réussi le contrôle ce matin ?

J'en suis certain : elle révise depuis une semaine.

— Oui, ça devrait aller.

Je suis trop fier, ma copine est super intelligente… Euh, je me souviens alors qu'elle n'est pas ma copine. Mais je suis fier quand même.

— Vous venez à la fête des marais, vendredi soir ? demande Jeff une fois qu'il a terminé de déjeuner.

Zut, j'ai oublié d'en parler à Becca, ça m'est complètement sorti de la tête avec tout ce qu'il s'est passé ce week-end.

— C'est quoi cette fête ? répond-elle.

Je croyais qu'elle connaissait son origine, mais apparemment non. Crestmont et la commune voisine bordent le lac des Amoureux : autrefois, il s'agissait de deux étendues séparées. Au fil des décennies, avec la variation des niveaux d'eau, la bande de terre qui les séparait a disparu progressivement. Les deux lacs se sont rejoints et ressemblent désormais à un cœur brisé avec une zone marécageuse en son centre.

Chaque année, après le deuxième match de la saison, l'équipe de foot et les anciens passent la nuit au bord du lac à faire la fête. C'est une tradition à Eastwood High.

— Et c'est ce vendredi, complète Jeff.

Je scrute le visage de Becca à la recherche d'un signe. A-t-elle aimé mon histoire ? Viendra-t-elle avec moi ? Honnêtement, j'irai même sans elle. J'attends cette fête avec impatience, je la manquerais encore moins pour rester à la regarder lire… Oups, je regrette aussitôt d'avoir pensé ça, ce n'est pas sympa du tout. Mais bon, elle va venir, ou pas ? Ce serait drôle, et cela nous rapprocherait, parce que nos univers restent séparés l'un de l'autre. C'est la première fois qu'elle parle à l'un de mes amis, par exemple. Je suis curieux de savoir ce qui se passerait entre nous si nos deux sphères se chevauchaient enfin.

— Le lac des Amoureux, répète-t-elle. C'est la première fois que j'entends ce nom pour le lac de Crestmont.

— Ce sont les enfants qui ont commencé à l'appeler comme ça, à cause de… des trucs qui s'y passent en été, ajoute Jeff avec un clin d'œil.

— Quels trucs ? demande Becca, complètement à l'ouest.

— Ben, les trucs comme…

Gêné, Jeff se tourne vers moi, bouche ouverte comme un poisson.

— Brett, explique-lui quoi, ronchonne-t-il.

J'éclate de rire.

— Les amoureux vont là-bas pour s'embrasser ! Ce n'est pas si difficile à expliquer, Jeff.

Becca rougit à nouveau comme une tomate.

— Normal, c'est un lac au milieu des bois, je reprends. C'est sombre et frais en été, et on s'ennuie à mourir à Crestmont, alors il faut bien s'occuper, non ?

— Ouais ! Ça peut même dégénérer beaucoup, ajoute ce crétin de Jeff, emporté dans son enthousiasme.

— D'accord, je viendrai. Ça a l'air amusant, dit alors Becca.

Un vrai miracle, je ne m'y attendais pas du tout.

Jeff brandit le poing en hurlant « Victoire ! » puis farfouille dans son sac et en sort une boîte blanche en carton. Becca sursaute en la voyant.

— Mais c'est…

Une boîte Hart Cupcakes contenant une clochette. Jeff ferme les yeux pour mieux déguster, en poussant des gémissements sonores.

— Quoi ? demande-t-il, une fois son gâteau avalé.

— C'était une clochette, déclare Becca.

— Ah. Et alors ?

— Tu es allé à la pâtisserie de ma mère.

— C'est ta mère qui fabrique ces petites merveilles ? Tu lui diras que j'adore. C'est Jenny qui a distribué des dépliants. J'y suis allé parce qu'il y avait un cannoli gratuit… Pourquoi tu me regardes comme ça ?

Effectivement, Becca arrondit les yeux comme des soucoupes.

— Jenny ? Tu as vu Jenny distribuer des dépliants ?

— Bah oui. Y a un problème ?

Jeff me lance un coup d'œil interrogateur. Je n'en sais pas plus que lui, mais j'aimerais comprendre. Il sort de sa poche un papier rose froissé et mouillé, puis le lisse devant nous. Becca l'attrape et l'étudie comme si elle menait une analyse scientifique.

— Jenny t'a donné ça ? insiste-t-elle.

— Oui.

Jeff me jette encore un bref coup d'œil, puis ramasse ses affaires et s'en va. Becca ne s'en remet toujours pas et garde son air hébété.

— Qu'est-ce qui se passe, tu m'expliques ?

— Tu ne trouves pas ça bizarre ? Jenny qui distribue les prospectus de ma mère ?

Je hausse les épaules. Franchement, il n'y a pas de quoi tomber de sa chaise.

— Très, très bizarre, marmonne Becca.

— Euh… Pour la fête, ne te sens pas obligée. Je comprendrais si tu n'as pas envie, hein ?

Je ne sais pas si elle m'a entendu, elle replie soigneusement le prospectus et le glisse dans son sac.

— Ça ne me dérange pas de venir, finit-elle par dire. Et ce sera bien qu'on nous voie ensemble ailleurs qu'à tes matchs de foot. Ça fera plus vrai.

J'avais encore oublié qu'on est censés jouer la comédie. Notre amitié me semble déjà tellement normale. J'attrape sa main au cas où on nous regarderait.

— On s'en sort plutôt bien. Personne de l'équipe ne m'a reposé de questions et tu as vu, même Jeff y croit… Mais je ne pensais pas que tu accepterais de venir au lac des Amoureux !

— Ça a l'air marrant. Et puis tu seras là ! C'est plutôt sympa, tes sorties.

— Ah ouais ! Plutôt sympa ? Pas plus que ça ?

— Au-dessus de la moyenne, oui.

— Normal, je suis un mec largement au-dessus de la moyenne, Becca Hart.

— Alors j'ai de la chance de sortir avec toi, Brett Wells. Dis-moi… (elle baisse la voix et se penche au-dessus la table), tu as déjà amené une fille au lac des Amoureux ?

Je me penche à mon tour, nos nez se touchent presque.

— Tu seras la première, Becca Hart.

Becca

Le lac des Amoureux est immonde.

Et bondé. Et il empeste.

J'essaie de me rappeler comment j'ai pu accepter de me laisser traîner ici par Brett. Depuis un quart d'heure, on patauge dans de l'herbe détrempée et de l'eau saumâtre qu'il appelle le marais. Brett m'entraîne vers un bosquet au loin, j'entends des voix et je distingue un halo lumineux. Une lampe torche, peut-être. Ce serait bien, ça me permettrait de voir les sales bestioles qui me tournent autour depuis qu'on est entrés dans ce cauchemar.

— Arrête ! Tu vas me faire tomber et je vais me noyer, je râle en essayant de récupérer ma main, enserrée dans celle de Brett.

— Ne t'inquiète pas, ce n'est pas profond !

Roooh, il m'énerve.

On continue d'avancer. Il fait sombre, pourtant la lune paraît dix fois plus brillante que d'habitude. D'autres participants suivent derrière nous, un petit groupe ouvre la voie. Brett m'a présentée à ses amis quand je suis arrivée. J'essaie de me souvenir de leurs prénoms, mais cette randonnée nocturne dans la gadoue me rend folle de rage. Moi qui pensais avoir eu la bonne idée de mettre mes nouvelles Converse blanches, elles seront fichues.

Je ne me représente toujours pas ce foutu lac des Amoureux. Tout ce que je sais, c'est que Brett a roulé sur un chemin cahoteux (j'ai failli passer à travers le pare-brise) jusqu'à une clairière où des dizaines d'autres voitures étaient garées. Ce n'était pas la fin du voyage. Après ce parking en pleine nature, on a traversé la forêt, débouché dans ce marécage, et depuis, ma vie est (littéralement) entre les mains de Brett et de celui qui avance devant nous avec une lampe de poche.

Autant dire que je ne me fais plus trop d'illusions sur la soirée qui m'attend. Je ne peux pas croire que les gens viennent ici de leur plein gré pour s'amuser. Sans parler de se déshabiller pour faire « des trucs » dans cette gadoue.

Rien qu'en levant les yeux, je frissonne. J'ai une furieuse envie de prendre une douche pour me débarrasser de cette odeur de poisson qui empeste l'air et attire les insectes. Il fait trop sombre pour les distinguer – ce qui est sans doute préférable – mais ils bourdonnent sans cesse, j'ai l'impression qu'ils vont entrer par mes oreilles jusqu'à mon cerveau. La moitié inférieure de mes jambes est couverte de piqûres de moustiques (quelle idée de m'être habillée en short). Ça me rappelle la dernière tentative de vacances en famille, avant le divorce : du camping à trois. On n'a pas tenu plus d'une nuit… La tente s'est effondrée, les moustiques se sont régalés et mes parents ont remballé nos affaires au petit matin pour rentrer dare-dare à la maison.

Je vérifie l'heure sur mon portable : presque vingt-trois heures. Je n'arrive pas à croire que la soirée n'a même pas encore commencé. Normalement, j'ai un couvre-feu, mais il a suffi de prononcer le prénom « Brett » pour que ma mère accepte de me laisser rentrer tard, du moment qu'il m'accompagnerait.

Ça applaudit devant nous. Apparemment, les premiers sont arrivés dans une clairière. Ouuuuf, j'en pleurerais de soulagement, on arrive… Je ne sais pas ce à quoi je m'attendais, à des couvertures de survie et une tente aménagée… Mais non, il y a juste quelques troncs d'arbres disposés en carré, trois vieilles chaises de jardin et des lampes de poche suspendues pour éclairer la zone. Les premiers arrivés sont installés et boivent. Quelques-uns s'aspergent d'eau boueuse et, comme l'a dit Jeff, un couple se faufile déjà dans la forêt en gloussant.

Une ambiance de « fête sans parents », quoi. Ce qui veut dire que ce sera à la fois dégoûtant et très relax.

Brett me lâche la main dès qu'il aperçoit ses coéquipiers. Ils viennent de remporter leur deuxième match de foot cet après-midi. Brett a passé tout le trajet à commenter chaque minute de jeu, comme si je n'étais pas restée au premier rang des gradins à le regarder jouer. Le seul point positif, c'est que je commence à capter le jargon du football.

J'ai aussi remarqué que ses parents étaient absents. À nouveau. Quand j'ai voulu en discuter avec Brett, il a rapidement évacué le sujet en marmonnant que son père venait de partir pour l'Ohio. Ça fait donc deux matchs d'affilée, ce n'est pas bon signe. Pourtant, Brett a l'air rayonnant, avec son inébranlable sourire. Bizarre, parce que son moral n'était pas au beau fixe cette semaine.

Il en parle peu, mais je sais que le problème de ses parents lui pèse. Comment aborder le sujet ? Ici, il joue le Brett Wells que tout le monde aime, avec son sourire à cent watts. Ce soir, nous sommes Brett et Becca, LE couple de l'année. La soirée est bien partie, on s'est tenus par la main sur tout le trajet et je n'ai même pas encore jeté un coup d'œil au livre qui est planqué dans mon sac.

J'aimerais juste trouver un endroit au sec pour me sortir les pieds de cette herbe détrempée. J'aperçois une bûche à l'écart, de l'autre côté d'une flaque qui s'étend sur plusieurs mètres. Zut, pas moyen de la franchir en sautant, même avec de l'élan…

Brett surgit alors près de moi et… m'attrape par les hanches, puis me soulève. Je crie, j'agite les bras comme un moulin à vent, mais il ne lâche pas prise. Réflexe de footballeur, je suppose.

— Désolé de t'avoir fait peur ! dit-il, les mains toujours posées sur mes hanches.

Ses cheveux sont mouillés, une goutte d'eau coule lentement sur son nez.

— Je voulais te propulser par-dessus la flaque ! Hop !

Après un bref coup d'œil à mes baskets autrefois blanches, l'évidence s'impose : je n'y arriverai pas sans lui. Je m'accroche à son cou et saute à califourchon sur son dos. J'ai l'impression de retomber en enfance. Brett s'engage dans la flaque, l'eau gicle de chaque côté. Il fait semblant de basculer pour que je me serre fort contre lui (mais comme je l'étrangle encore plus fort, il se redresse bien vite), puis il me dépose dans l'herbe sèche.

— Je vais me chercher un verre. Tu en veux un ? propose-t-il.

— Non, merci.

Brett repart en sens inverse. En cherchant un visage amical autour de moi, j'aperçois Jenny, un peu plus loin, seule, adossée contre un arbre.

Après une profonde inspiration, je vais vers elle, en faisant attention de bien regarder où je mets les pieds.

— Salut, Jenny.

— Tiens, Becca.

— Je voulais juste te remercier d'avoir distribué les dépliants de ma mère. Jeff m'a dit que tu en avais donné à l'équipe de foot. C'était sympa de ta part.

Elle hausse les épaules, sans me regarder.

— Pas de quoi. Les pâtisseries de ta mère étaient vraiment bonnes et tu sais bien que les joueurs de foot bouffent comme quatre...

Non, je ne le savais pas particulièrement, mais j'aurais pu y penser.

— Merci encore, en tout cas.

Alors que je commence à m'éloigner, ses paroles prononcées à la pâtisserie me reviennent en mémoire.

— Au fait, Jenny, je croyais qu'on n'était plus amies.

— Quoi ? dit-elle, visiblement stupéfaite.

— C'est pour ça que je ne t'ai pas parlé de Brett plus tôt. Je pensais que tu t'en fichais, que je ne t'intéressais plus… Tu te moquais toujours de moi, Jenny. Moi, l'éternelle célibataire. J'avais honte… à cause de toi. Alors pourquoi je t'en aurais parlé ?

Jenny est blême, sans voix.

— Je ne savais pas que je… que mon comportement te… gênait autant, balbutie-t-elle.

— Eh bien, si.

Jenny garde la tête baissée, piétine l'herbe de la pointe du pied. Ça fait drôle de la voir aussi mal à l'aise, elle qui est toujours pleine d'assurance.

— Il est trop tard pour te présenter des excuses ?

— Peut-être… Mais si tu continues de distribuer les dépliants de ma mère, on peut en reparler !

Jenny sourit.

— D'accord !

Quelqu'un l'appelle, et elle s'éloigne sans oublier de me saluer d'un petit signe de la main. Je retourne m'assoir sur la bûche, Brett réapparaît une seconde plus tard. Il m'embrasse la joue et s'installe à côté de moi. Sa main se pose immédiatement sur mon genou. Je me rappelle alors que c'est ce que font les couples. Brett attend la même chose de moi.

Je pose ma main sur la sienne.

— Tu parlais avec Jenny ? À propos de quoi ?

Jenny est à nouveau à l'écart, seule, avec une tasse à la main. Je sais ce que ça fait que de se sentir étrangère, à regarder les autres. Mais venant de Jenny, c'est surprenant. Où sont passés ses amis ?

— De toi ! je réponds. Et de comment j'en suis arrivée à me laisser traîner dans cette galère gadoueuse ! Je ne comprends vraiment pas pourquoi vous faites tout un sketch sur ce lac. C'est moche, ça pue, mes chaussures sont fichues et je n'ai plus un centimètre carré de la peau sans piqûre de moustique. Merci, Brett !

— Je t'avais dit de ne pas mettre de short.

— Tu l'as dit en voyant que j'en portais un !

Brett éclate de rire… Et il a le rire contagieux, explosif et sonore ! Un rire qui se remarque, comme lui.

— J'aime bien quand tu es en short.

J'ai soudain l'impression qu'il est assis trop près de moi. Je me demande aussi comment il peut sentir si bon après tout ce qu'on vient de traverser. Un parfum épicé… Que j'associe à ce dessert à base de pommes et de cannelle que ma mère prépare. C'était mon préféré avant que les clochettes ne le détrônent… Ensuite, je pense au selfie que Brett m'a envoyé l'autre soir, lui en pyjama court, allongé sur son lit après l'après-midi à l'arcade.

Oups, du calme, Becca. Je me ressaisis. Nous sommes déjà en eaux troubles (c'est le cas de le dire), inutile que cette fausse relation vienne semer la zizanie dans mes sentiments, en brouillant le réel et l'irréel. Ce qui n'est pas le cas, je suis en pleine réalité.

— Tu attendais cette fête depuis combien de temps ? je demande.

— Trois ans. Avec Jeff, on avait essayé de suivre les seniors, mais ça n'a pas marché.

Jeff, surgi de nulle part, s'installe alors à ma gauche et se joint à la conversation.

— Ouais, c'était comme si les seniors nous avaient flairés. Ils nous ont éjectés comme des gamins.

— Trop zarbis, vous deux.

— C'est le lac des Amoureux ! s'exclament-ils en chœur.

— Et alors ?

— Je suis un pauvre gars qui n'a jamais embrassé de princesse, je veux juste un peu d'amour, déclame Jeff, une main sur le cœur. Le lac des…

— … Amoureux est là pour ça, j'ai pigé, dis-je en rigolant. C'est pareil pour toi, Brett ? Tu cherches ça aussi ?

— Non, moi je l'ai trouvé !

Jeff imite le bruit du vomissement en se levant et part se chercher un verre. Brett en profite pour se rapprocher encore.

— En ce qui me concerne, je ne suis pas un pov' gars qui n'a jamais embrassé sa princesse, murmure-t-il à mon oreille.

— Le monde doit savoir : Brett a déjà embrassé sa princesse ! je hurle.

Il me pince les lèvres pour que je me taise. On éclate de rire.

— Si Jeff est ton meilleur ami, pourquoi tu ne lui dis pas la vérité sur nous ? je demande, plus sérieusement.

— On ne parle pas de ce genre de trucs.

— Ah oui, c'est vrai, j'oubliais que les mecs ne parlent que de foot, de bagnoles et de choses « viriles » !

— Ce n'est pas ce que je voulais dire, Becca. Mais je te jure que c'est mieux pour Jeff.

— Pourquoi ?

Brett roule des yeux en direction de Jeff, genre « regarde-le bien, tu comprendras ». Son copain est en train de courir comme un chien fou et d'asperger un groupe de filles qui poussent des hurlements suraigus. Content de lui, il revient ensuite s'assoir près de nous.

— Ça va, les amoureux ? nous demande-t-il.

— Eh, mec, t'as vu qui vient de partir là-bas ? lui dit Brett.

Les yeux de Jeff s'écarquillent.

— Non. Qui ?

— Tallani et Ryan. De ce côté-là, insiste Brett, en pointant une direction.

— Je croyais que c'était fini entre eux ! s'exclame Jeff.

— Faut croire que non. Garde-le pour toi, hein ? ajoute Brett, en m'adressant un clin d'œil discret.

Jeff bondit sur ses pieds et repart, en éclaboussant de nouveau le même groupe de filles.

— C'est quoi cette pièce de théâtre ? je demande.

— Tu vas voir.

On attend. Au début, il ne se passe rien de particulier. Les fêtards continuent de boire et de discuter. Mais peu à peu, l'ambiance change, les gens chuchotent, font des messes basses, des petits groupes se forment, certains vont de l'un à l'autre. C'est assez incroyable. Je commence à réaliser ce que Brett a lancé.

Un garçon en tee-shirt blanc s'approche de nous et frappe l'épaule de Brett.

— T'es au courant, mec ? Tallani et Ryan, c'est reparti comme avant. Ça explique pourquoi il a manqué tant de séances.

Je suis abasourdie : on ne peut pas faire confiance à Jeff, c'est une vraie commère. Brett me fixe maintenant avec un air supérieur.

— Tu comprends, maintenant ?

C'est une belle démonstration, je le reconnais… Mais elle a un énorme défaut.

— Tu te rends compte que tu viens de lancer une rumeur ? C'est un mensonge, non ?

Brett ouvre la bouche, puis la referme.

— Alors ?

Il fronce les sourcils, se mord les lèvres en hochant la tête.

— Je n'aurais pas dû, tu as raison.

— Et voilà ! La cata, bravo, Brett.

— Je voulais pimenter ta soirée, tu n'avais pas l'air impressionnée par le lac des Amoureux.

— Ah ça ! Pas du tout, même.

— Il faut quoi pour t'impressionner, Becca ? Une bibliothèque ? Un livre de maths ?

— Rhooh, ça va ! Je sais faire autre chose que lire ou réviser les maths.

— Ah ouais ? demande-t-il avec un sourire éclatant.

La façon dont il me regarde me rend nerveuse.

— Ouais.

Ma voix tremble un peu. *Ressaisis-toi, Becca* !

— Alors, montre-moi, conclut Brett.

Je voudrais être capable de le surprendre, de lui montrer que je ne suis pas juste cette fille qui a toujours le nez fourré dans un livre... Alors, sans trop réfléchir – et sans rédiger mentalement de liste de pour ou contre –, je me penche vers lui et l'embrasse. Un baiser rapide. Pas plus d'une seconde ou deux. Nos lèvres se touchent à peine, rien à voir avec notre premier baiser dans le couloir. Mais quand même un baiser.

Mon cœur s'emballe, mes doigts sont gagnés par la fièvre, picotent de l'envie d'attraper le visage de Brett pour l'attirer encore plus près de moi... Mais j'y mets le holà et ne fais rien de tout ça. Je me souviens juste à temps qu'entre nous, c'est du chiqué, que les sentiments qui remuent en moi sont dangereux. Alors je les repousse, je ferme les portes et les fenêtres de mon cœur, et je ravale la clé.

Personne n'entrera. Rien ne sortira.

Quand je rouvre les yeux, son visage est à deux centimètres. Il semble un peu sonné. Et impressionné. Je vois le bleu de ses yeux. Même au clair de lune, ils sont si bleus. Bon Dieu, qu'est-ce qui m'arrive ce soir ? C'est l'effet du lac des Amoureux ? On dirait que mon cœur a pris le contrôle de mon cerveau.

C'est du pipeau, Becca. Attention, danger. Je me le répète en boucle.

— Euh… Pourquoi t'as fait ça ? demande Brett.

— Pour le spectacle, dis-je, faussement décontractée.

Brett retrouve le sourire. Ouf, fini la zone trouble.

Le couple qui était près de nous se lève puis s'éloigne entre les arbres. Brett me donne un coup de coude, remue les sourcils en poussant des petits gloussements. Il a l'air crétin, mais je ris quand même. Mis à part ses matchs de foot, c'est la première fois que je participe à un truc normal. À une distraction de mon âge, comme les autres du lycée. Je n'étais jamais allée à une fête. Si je suis ici aujourd'hui, c'est grâce à Brett. C'est comme s'il me montrait pas à pas qu'il y a une vie en dehors des cours, une vie autre qu'être en classe à prendre des notes. Ce qui est pourtant ce que j'aime… Mais maintenant, je me demande si je n'ai pas raté mes années de collège et de lycée…

— Allez, viens. On devrait y aller avant que Tallani ou Ryan pètent un câble, dit-il en me présentant son dos.

Hop, je saute à califourchon sur ma monture, nous repartons en sens inverse. Les têtes se tournent vers nous. C'est la première fois que j'ai l'impression de former un couple avec Brett : bien sûr, on se tient par la main à l'école, mais ce soir, c'est comme si on sortait vraiment ensemble… Et même si c'est du bluff, c'est rigolo.

Brett est déjà venu ici, il se dirige sans la moindre hésitation et finit par s'arrêter face à une petite crique. Waouh, c'est beau. Ça compense (presque) la promenade-pataugeoire du début de soirée. Je distingue très bien les deux lacs qui se rencontrent au milieu. Il y a cette bande de terre, on dirait deux moitiés de cœur hésitant à se rencontrer. La lune est pile au-dessus, ses rayons transforment la surface de l'eau en une pièce d'argent.

Je voudrais sauter à terre, mais la prise de Brett se resserre sur mes jambes.

— Brett.

— Oui ?

— Tu penses à quoi ?

Je murmure pour ne pas ruiner cet instant de calme.

— Aux clochettes vanillées de ta mère !

— Rrooh ! Sérieusement ?

— Tu ne trouves pas que la lune ressemble à une clochette ?

J'éclate de rire. Finalement, il a raison, on dirait une clochette saupoudrée !

Les mains de Brett se desserrent, je peux enfin glisser à terre. Le sol est moins spongieux de ce côté-ci. Les voix des fêtards nous arrivent étouffées, en un léger murmure.

— Je comprends mieux l'appel du lac, dis-je. C'est tellement joli vu d'ici…

— Ça donne envie de se faufiler entre les arbres, hein !

— Non ! C'est joli, mais pas à ce point.

Brett me bouscule l'épaule. Je lui rends un coup.

— C'est vrai que ce genre d'endroit existe à Crestmont, dit-il, soudain sérieux. Je suis tellement concentré sur le fait de partir après le lycée, que j'oublie qu'il y a peut-être des raisons de rester.

— Tu veux faire quoi l'an prochain ?

De mon côté, je n'en ai pas la moindre idée.

— Jouer au foot dans une équipe universitaire. J'attends les réponses. J'espère aller dans une grande ville, comme Atlanta. J'aimerais voir du monde.

— Tes parents sont d'accord ?

— Je crois qu'ils se projettent encore plus que moi.

Ah oui, c'est vrai, le rêve contrarié de son père.

— Et toi, Becca ?

— Je ne pense pas que ma mère aura assez d'argent pour payer les frais universitaires.

— Tu es forte, tu auras une bourse.

— Peut-être… ou pas. Si je n'en ai pas, je resterai ici et j'aiderai ma mère à la pâtisserie, le temps d'économiser. L'université attendra.

— Moi aussi, j'aimerais parfois que l'avenir attende un peu.

Sur ce, nous restons silencieux. Des grillons chantent dans la nuit, le clapotis de l'eau les accompagne. C'est mille fois mieux ici que dans la clairière. Puis, un bruit étrange vient perturber le calme ambiant. Un bruissement dans les arbres. Je m'accroche au bras de Brett.

— Tu as entendu ?

Brett sort son téléphone, allume la lampe et la pointe en direction du bosquet d'arbres.

— Y a quelqu'un ? appelle-t-il.

Le bruit recommence. Pas un bruissement cette fois-ci, plutôt un… gémissement.

Le faisceau lumineux éclaire soudain un couple enlacé. La fille pousse un cri en se couvrant la poitrine. Je détourne les yeux, c'est gênant. Brett se débat avec son téléphone, le faisceau s'agite dans tous les sens, m'éblouit, puis disparaît enfin.

— Désolé ! crie Brett. On ne voulait pas déranger ! On s'en va… Euh, vous pouvez continuer !

On s'enfuit en courant à travers la forêt, on rit si fort qu'on est obligés de s'arrêter pour respirer.

*

Même si je ne dois pas rentrer plus tard qu'une heure du matin à la maison, cela nous laisse encore un peu de temps. Brett a envie qu'on dîne ensemble. On saute dans sa voiture pour gagner la ville voisine à la recherche du « seul restaurant de burgers, milk-shakes et frites mangeables de toute la Géorgie ». Chez Paul. Et ce n'est pas à Crestmont.

Une fois notre commande récupérée, on s'assoit dans la voiture de Brett, vitres baissées, pour déguster ce repas de minuit. En cinq minutes chrono, Brett siphonne un hamburger, un milk-shake au chocolat et une grande frite. Un spectacle impressionnant et écœurant (comment fait-il ?). Maintenant, il chipe mes frites et les plonge dans mon milk-shake à la fraise… Il a des habitudes spéciales, mais ça ne me dérange pas ! La nuit est douce, je m'amuse bien en sa compagnie, j'apprends plein de trucs sur la Géorgie. Et sur Brett.

— Comment tu as connu ce restaurant ? je demande en sirotant ce qui me reste de milk-shake.

— Il y a un terrain de foot près d'ici. Quand j'étais petit, j'y allais avec mon père. Avant sa promotion, quand il avait le temps. On jouait tous les week-ends et on mangeait toujours un hamburger chez Paul ! C'était notre tradition.

— Avec mon père, on mangeait toujours une glace après l'école. C'était aussi notre tradition.

— Maintenant, toi et moi, on mange des frites au milk-shake ! T'en penses quoi, comme tradition ?

Il trempe une frite dans le milk-shake et me la fourre dans la bouche.

— Ça me va, je marmonne en déglutissant le mélange sucré-salé.

— Génial !

— Pourquoi ton père voyage autant ?

— Tu as vu l'hôtel en construction, à côté de l'autoroute ?

— Oui.

On est passées devant avec maman, il n'y a pas longtemps. C'est un très bel hôtel, tout neuf, très grand. Son inauguration est annoncée pour la fin du mois.

— Il y en a partout. Mon père travaille pour ce groupe, en tant que directeur financier. Il voyage aux quatre coins du pays pour vérifier les comptes… Enfin, je crois.

— Et ta mère ?

— Elle ne travaille pas.

Je me demande ce que ça fait d'avoir assez d'argent pour ne pas être obligé de s'en préoccuper. Pas de problèmes de factures, de fin de mois, de frais de scolarité, de prêt étudiant, de coût des manuels scolaires. Pouvoir choisir n'importe quelle école.

— La mienne a toujours travaillé. Avant, elle était infirmière. Elle stressait comme une malade quand elle a ouvert la pâtisserie. Les clients ne se bousculaient pas. Elle a investi toutes ses économies, je ne sais pas ce qu'on serait devenues si ça n'avait pas décollé. Petit à petit, le bouche-à-oreille a fonctionné, les gens en parlaient entre eux, il y avait de plus en plus de commandes. J'ai commencé à aider au magasin. Je ne crois pas que ma mère s'attendait à devenir aussi populaire. Elle a été obligée de recruter trois personnes.

— Je suis super content pour elle ! Et je t'avoue que je ne peux plus me passer de ses clochettes.

— Ah-ah ! Moi non plus.

— Tu sais ce qui serait super maintenant ?

— Des clochettes !

— Oui, aussi, mais déjà un autre hamburger. J'y retourne avant que ça ferme.

Comment peut-il encore avoir faim après tout ce qu'il vient d'ingurgiter ? Et comment fait-il pour rester aussi svelte ? J'admire le corps de Brett alors qu'il farfouille dans ses poches, à la recherche d'un billet. Une voiture s'arrête non loin de la nôtre. Ce ne sont pas des jeunes qui en sortent, mais un couple plus âgé. Ils se tiennent par la main. Brett a dû les remarquer, car il les fixe. Sans bouger. Statufié. Oh, il est même bouche bée, comme s'il venait de recevoir un coup de poing dans le ventre.

Au lieu de s'éloigner vers le restaurant, il remonte en voiture, marmonne que c'est l'heure de rentrer et démarre en trombe. J'ai à peine le temps de boucler ma ceinture de sécurité qu'il fonce à toute allure. Je coince le milk-shake entre mes genoux pour m'agripper à la portière.

— Brett, moins vite ! Brett !

Le moteur rugit, il appuie sur le champignon comme un malade. Ses yeux sont fixés droit devant lui, ses mains agrippent le volant comme s'il voulait l'arracher.

Ses lèvres remuent. Il parle tout seul ? On dirait qu'il va pleurer, frapper, exploser.

— Tu me fais peur, Brett. Ralentis.

Je coupe la radio pour entendre ce qu'il marmonne.

— Je dois partir d'ici.

— Brett, arrête-toi, s'il te plaît.

— Qu'est-ce qu'il fichait là ?

— Qui ? Qu'est-ce que tu racontes ?

L'aiguille du compteur de vitesse continue de monter. On va mourir dans un accident, mon corps sera recouvert de milk-shake à la fraise quand la police découvrira l'épave.

— Brett, je t'en supplie, ralentis.

Cette fois-ci, je pose ma main sur la sienne pour qu'il comprenne que je suis là. Ça y est, il réagit enfin, baisse les yeux sur ma main, secoue la tête, me jette un coup d'œil. Il a dû voir mon visage terrifié car il ralentit puis s'arrête sur le bas-côté.

Brett enfouit alors la tête dans ses mains.

Je suis tétanisée.

J'inspire. J'expire. Je fais un décompte mental des parties de mon corps. J'agite les orteils, les doigts. Dix de chaque. On va bien tous les deux. Quand je suis sûre de pouvoir remuer les mâchoires, je pose enfin ma question :

— Qu'est-ce qui s'est passé ?

Pas de réponse.

— Brett ?

Rien.

— Tu m'as fait très peur… C'est à cause de ces gens ? Tu les connais ?

Je n'ai pas vraiment fait attention à eux. Crestmont est petit, on se connaît tous plus ou moins… Mais on n'était pas à Crestmont. Comment se fait-il que Brett les connaisse ?

Il relève enfin la tête du volant et se renverse en arrière. Ses yeux sont fermés, sa poitrine se soulève rapidement. Il fait une crise de panique ? J'appelle une ambulance ? Oui. Je sors mon téléphone, mais Brett pose alors sa main sur la mienne.

— Je vais bien.

Son comportement crie tout le contraire.

— Dis-moi ce qui ne va pas.

— Je ne sais pas.

— C'était qui ?

— Je ne veux pas le savoir.

Décidément, je n'y comprends rien… Mais je reçois un coup à l'estomac la seconde suivante, quand Brett lâche :

— Je crois que c'était mon père… Et la femme qui l'accompagnait n'était pas ma mère.

Oh.

Oh.

— Mais je… Tu as dit que… ton père était dans l'Ohio.

Je réalise trop tard à quel point ce que je viens de dire est stupide. Tout s'éclaire d'un coup, il n'y a plus d'énigme à résoudre. Son père a…

— C'est ce qu'il avait dit, bredouille Brett.

J'attrape sa main, son bras, son tee-shirt, n'importe quoi, mais je m'y accroche. Je le serre. Je sais ce que ça fait de se noyer sans eau. C'est pire quand personne n'est là pour te ramener à la surface.

Je lui tiens la main, je la serre très fort.

— Tu es vraiment sûr ?

Je demande pour l'espoir, parce qu'il m'angoisse et que j'ai désespérément besoin que ce regard livide quitte le visage de Brett. Il ne répond pas. On reste un bon moment sur le bord de la route, des voitures passent à toute allure. Je ne sais plus quoi dire. Merde, pourtant je suis passée par-là, moi aussi. C'était différent, mais la souffrance est la même. Si c'était vraiment son père, il n'y a pas de mots pour aider. Aucun « Désolée » ne pansera cette blessure.

— Tu as un livre avec toi ? demande Brett.

— Euh, oui… quelque part dans mon sac.

Je fouille dedans.

— J'ai besoin d'une distraction, ajoute-t-il.

Oui, c'est logique. Maman a la pâtisserie, moi, la lecture. Chacune sa distraction pour chasser les soucis.

— Tu le trouves ? insiste Brett.

Il pousse un soupir de soulagement en voyant mon livre. Il détache sa ceinture, incline entièrement son siège, puis ferme les yeux. Il a l'air si triste, il n'est plus le même.

— Tu es sûr que ça va ?

— Lis pour moi, Becca.

— Je ne sais pas si tu vas aimer ce livre…

C'est une histoire cent pour cent romantique, un peu gênante si je dois lire certaines descriptions devant lui.

— S'il te plaît, Becca.

J'ouvre à la page du signet et commence à lire à voix haute. Au début, je la trouve chevrotante, trop aiguë, mais ensuite, ma voix se raffermit, s'égalise, et je la reconnais.

Lire pour quelqu'un est une drôle d'expérience. Je suis tellement habituée à entrer seule dans un univers fictif que le faire avec Brett près de moi le transforme. Mon autre monde me semble différent. Pas moins bien, juste différent.

Je ne sais pas s'il m'écoute, on dirait qu'il dort. Je marque des pauses entre certains paragraphes, je lui jette des coups d'œil. À la fin du chapitre, nos regards se croisent.

— Continue.

Alors je reprends ma lecture.

Ce sera la première fois que je ne rentrerai pas à l'heure.

Brett

Il n'était pas dans l'Ohio.

C'était sa voiture. Son costume. Sa main qui tenait celle d'une autre.

C'était mon père.

Mais ce n'était pas ma mère.

Cela n'a aucun sens, parce que mon père n'a jamais…

Même en pensée, je n'arrive pas formuler ce mot. Plus rien ne va. Ma vie s'est transformée en un cauchemar sans fin. Il devait être en voyage d'affaires dans l'Ohio. Pour un séminaire dans un hôtel. Pour une série de réunions avec le personnel, pour s'occuper de questions financières. Il n'était pas censé être au restaurant au milieu de la nuit avec une femme que je n'ai jamais vue. Et encore moins en lui tenant la main.

C'est vrai qu'il faisait nuit, comme a dit Becca, et peut-être que ce monsieur ressemblait à mon père, rien de plus… Mais une petite voix n'arrête pas de tourner en boucle dans ma tête. *Et si c'était vraiment lui ?* J'essaie de me raisonner, d'envisager toutes les possibilités, tout n'est pas noir ou blanc, il reste une once d'espoir dans le gris. J'en ai besoin et c'est mieux que de trancher tout de suite… Parce que si c'est le cas, si c'était vraiment mon père, cela signifierait que ses voyages d'affaires n'étaient que des mensonges… Non, c'est impossible, il me rapportait des souvenirs de chaque État. Mais que faisait-il avant et après les réunions ? Quand il est rentré de New York le week-end dernier, il ne m'a rien rapporté. Était-il seulement à New York ?

Non. Il était près d'ici.

Ce n'était peut-être pas lui.

Si, c'était lui.

C'était mon père.

Le lendemain matin, j'ai l'impression que ma tête a été passée au mixeur. Je suis réveillé par un bip de mon portable, ma mère vient d'envoyer un texto : elle est partie au yoga et déjeunera avec une amie. Je ne dois pas l'attendre avant plusieurs heures. Juste après, ça me frappe comme une tonne de briques en pleine figure. Ma mère. Ma mère amoureuse de mon père. Ma mère qui partage sa vie depuis près de vingt ans. Il n'y a pas que moi dans cette histoire sordide, elle aussi est concernée au plus haut point.

Je décide alors que je ne peux pas lui raconter pour hier soir. Pas avant d'en être certain.

J'ai besoin de réponses.

Je prends une douche en vitesse et j'appelle Becca. Elle décroche à la première sonnerie. J'ai aimé sa voix qui me faisait la lecture dans l'obscurité. J'ai encore besoin de ce sentiment de paix. De cette certitude.

— Salut, Becca, tu peux venir, s'il te plaît ?

Moins d'une demi-heure plus tard, on sonne à l'entrée. Becca est là, qui reprend son souffle.

— Salut, Brett.

— Tu as couru jusqu'ici ?

— Bah oui, je n'ai pas de voiture et ça avait l'air urgent. Tu vas bien ?

Ses cheveux collent à son front, elle transpire à grosses gouttes et elle a un point de côté vu la façon dont elle est pliée en deux. Cette fille a littéralement traversé la ville en courant jusque chez moi. Elle aurait besoin d'un brancard, pourtant elle ne s'inquiète que pour moi. Je la prends dans mes bras, la serre contre ma poitrine et pose le menton sur sa tête. Je ressens alors cette même paix intérieure qu'hier soir. Ce silence. Une pause dans la tempête.

— Merci, Becca.

Elle s'empresse de remettre de l'ordre dans ses cheveux dès que je la libère. Ses joues sont écarlates.

— Pas de quoi. Comment ça va ?

Je l'escorte vers la cuisine pour lui offrir un verre d'eau. Elle lance des regards à droite à gauche. Au début, je crois que c'est pour admirer la déco – même si ma mère en a fait des tonnes –, puis je comprends que ce sont des regards inquiets.

— Il n'y a personne, Becca.

Elle se détend, s'installe au comptoir, devant son verre.

— J'ai besoin que tu m'aides.

— Ça a un rapport avec ton père ?

— Oui.

— Entendu, j'ai aussi lu plein de thrillers, dit-elle avec sérieux.

Cette fille !

On commence par fouiller le bureau de mon père… Je suis carrément en train de transgresser un interdit, il a toujours été strict avec son « espace personnel ».

Cette pièce est parfaitement organisée. Les livres sont rangés par ordre alphabétique sur les rayonnages, les papiers sont empilés, les pochettes sont étiquetées. Rien ne dépasse, pas même un Post-it. Becca fonce sur l'ordinateur.

— Il est verrouillé. Tu connais le mot de passe ? me demande-t-elle.

— Essaie mon prénom.

Accès refusé. Raté.

— Celui de ma mère alors : Willa.

Accès refusé.

On essaie les dates de naissance, d'anniversaire de mariage, le nom qu'avait le chien de mon père, le chat de ma mère. Rien de rien.

— Merde, on fait quoi maintenant ?

Becca se gratte le menton, se frotte les yeux, se mordille les lèvres, se ronge un ongle. Elle fait souvent ça quand elle est plongée dans ses pensées. Quand elle lit aussi. Je regarde sa bouche comme si j'étais hypnotisé.

— On pourrait vérifier l'horaire de son vol par exemple, suggère Becca. Tant pis pour l'ordi.

— Oui… Il avait parlé de 10 h 30.

— OK.

Elle cherche sur le site de l'aéroport, vérifie tous les vols d'hier au départ d'Atlanta pour Columbus, dans l'Ohio. Chaque fois que l'écran se recharge, ma poitrine se contracte. Je ne peux plus regarder, je préfère m'assoir sur le canapé.

— Trouvé ! s'exclame Becca en se précipitant vers moi.

En effet, sur l'écran de son portable, un vol pour Columbus hier matin, à dix heures trente. Mon cœur bondit comme s'il venait d'être connecté à un défibrillateur.

— C'est plutôt bon signe, l'homme d'hier soir n'était pas forcément ton père.

— Tu crois ?

Elle hoche la tête, mais l'expression de son visage dit le contraire.

— Tu ne mens pas très bien, Becca.

— Désolée. J'essaie de garder espoir… Tu connais le nom de son hôtel à Columbus ? On pourrait leur téléphoner.

Bonne idée. Habituellement, mon père séjourne dans un United Suites, la société hôtelière pour laquelle il travaille. J'écris à ma mère pour m'en assurer. Elle confirme quelques secondes plus tard. Il n'y en a qu'un à Columbus, c'est un jeu d'enfant d'obtenir son numéro.

Becca se charge de l'appel, mes mains tremblent trop. Je compte le nombre de sonneries. Quelqu'un décroche.

— Bonjour, dit Becca. J'aimerais savoir si vous avez bien eu une réservation au nom de M. Wells... (Ses yeux me cherchent.)

— Thomas, je murmure.

— Thomas. M. Thomas Wells. Je suis... sa fille. Il ne décroche pas son téléphone, on s'inquiète, avec ma mère.

Ensuite, Becca acquiesce à tout ce que lui dit la réceptionniste.

— Oui, W-E-L-L-S, épelle Becca. J'attends, merci.

Quelques secondes s'écoulent, puis :

— Ah d'accord, merci quand même. Au revoir, madame.

Becca raccroche.

— Alors ?

Je n'aime pas l'expression sur son visage.

— Il n'y a pas de réservation à ce nom.

Le sol se transforme soudain en sable mouvant et m'aspire.

— Brett, je...

Elle tend la main vers moi. Je quitte le bureau et monte à l'étage, dans la chambre de mes parents. Je fouille dans le dressing de mon père, je vérifie l'intérieur de toutes les poches de ses vestes. Les tiroirs de sa commode, sa table de chevet. Rien. Pas de reçus ou de factures louches. Pas de parfum qui ne serait pas celui de ma mère. Merde. Je vais d'impasse en impasse.

La porte grince, Becca entre, mal à l'aise. J'ai sûrement les yeux embués, parce que je la vois double. Elle se laisse glisser près de moi sur le parquet.

— Je suis passée par là aussi, quand mes parents se sont séparés, dit-elle doucement. Je voulais des réponses, comme si leur mariage était un puzzle auquel il aurait manqué des pièces. J'avais besoin de comprendre, ça m'a obsédée pendant des années. Pourquoi mon père était-il parti, à quel moment avait-il pris conscience qu'il ne voulait plus de nous ? Y avait-il eu une dispute entre eux que j'ignorais ? Avait-il seulement arrêté d'aimer ma mère ? Je cherche toujours les réponses, Brett... Tu vas te moquer, mais ça m'arrive encore d'aller devant chez lui, juste pour regarder. Je regarde et j'attends. La semaine dernière, c'était encore plus la honte : j'ai parlé à sa femme. J'attends, mais le pire c'est que je ne sais même pas ce que j'attends. J'espère qu'un jour, je n'aurai plus à le faire. Que je serai différente... Certains jours, ça va mieux. Comme le jour de l'arcade. Ou quand je suis à la pâtisserie avec ma mère et Cassie. Ces jours-là, la vie que nous avions avec mon père est rangée dans le passé. Je suis heureuse qu'il n'y ait que ma mère et moi. Et puis les jours difficiles reviennent, avec cette obsession de vouloir comprendre, cette suranalyse de chaque détail... Jusqu'à ce que je comprenne que c'est inutile... C'est comme ça, Brett, il y a des pères qui partent. Ce n'est pas notre faute, à nous, leurs enfants, si on ne leur a pas donné suffisamment de raisons de rester. C'est la leur, pour ne pas les avoir trouvées, tu ne crois pas ?

Je ne sais pas. Jusqu'à hier soir, ma vie était une bulle parfaite, dans une maison parfaite, avec une future carrière de footballeur, grâce à ma famille parfaite. Tout était parfait. Trop parfait. Maintenant, ma vie est un champ de ruines. Le visage et la réaction de ma mère après avoir renversé son verre de vin surgissent dans mes pensées. Le soir où je l'ai entendue qui pleurait seule dans sa chambre après le départ de mon père pour New York. Le matin de son retour, quand elle se tenait près de moi, sans un mot. Je me sens crétin jusqu'à la moelle pour ne pas avoir remarqué plus tôt combien la façade parfaite était pourrie, fissurée de l'intérieur. Une comédie. Un rideau pour cacher la misère qu'il y a derrière.

— Mon père a une maîtresse.

— Oui.

La main de Becca se glisse dans la mienne.

Becca

En cas de doute, rien ne vaut une petite liste de pour et de contre.

Je m'installe dans la chambre de Brett, un endroit étrange pour moi. Il y a quelques semaines, si quelqu'un m'avait dit que je passerais mon samedi après-midi assise sur le lit de Brett Wells, je lui aurais ri au nez.

Brett me sort un carnet et un stylo de son bureau. Je trace une ligne au centre de la page et j'écris pour d'un côté, contre de l'autre. La liste doit nous aider à décider si, oui ou non, c'est une bonne idée de parler à sa mère : doit-elle savoir pour la femme d'hier soir ? Il y a peut-être d'autres femmes, d'ailleurs. Plein de femmes… Bigre.

Brett est assis à son bureau, la tête entre les mains. C'est vraiment douloureux de le voir aussi défait sans rien trouver pour l'aider. Moi qui suis passée par là, je devrais connaître un mot magique qui soulagerait sa douleur, mais non. Rien. Son univers s'effondre, je n'ai rien trouvé d'autre que ma liste…

Je tapote mon genou avec un stylo et réfléchis à voix haute.

— Dans les pour, on pourrait écrire qu'il reste une petite chance que ce ne soit pas ton père...

Brett émet un grognement, sans lever la tête.

— Peut-être que le dire à ta mère lui fera plus de mal que de bien. Admettons qu'elle préfère ne pas savoir, parce que la vérité serait plus douloureuse que l'ignorance, l'illusion du bonheur, tout ça, tout ça.

— On serait deux alors, marmonne Brett.

Je prends ça pour un refus, je le mets dans la colonne des contre.

— Dans les pour, il y a que tu n'arriveras pas à garder un secret aussi lourd et que ta mère mérite de connaître la vérité. Si c'était moi, je préférerais savoir.

Brett lève soudain la tête.

— Cette liste est ridicule, Becca. Je ne vais tout de même pas me baser là-dessus pour briser ou non le cœur de ma mère ?

— Moi, ça m'aide toujours, dis-je d'une petite voix.

— Pas moi ! déclare-t-il en sortant de la pièce.

Je déteste cette journée, je suis incapable de trouver un remède pour aider Brett. Pourtant, il existe forcément un moyen, nous ne sommes pas dans un livre, l'avenir n'est pas déjà couché sur le papier. Donc, j'ai encore une chance de changer l'histoire de Brett. Mais comment ?

Une petite idée commence à poindre. J'y pensais déjà hier soir, quand Brett voulait que je lui change les idées. Mais cette idée implique que je me dévoile un peu plus… et cela me fiche la trouille.

J'essaie de me raisonner. Brett traverse une grosse épreuve, je suis passée par là, voir son univers totalement bouleversé est terrible. Quand mon père est parti, j'aurais aimé qu'on m'aide, plutôt que d'être obligée de refouler mes émotions. Je me porterais mieux maintenant, je serais davantage dans le présent, au lieu d'être coincée dans le passé. Je ne peux pas revenir en arrière ni réécrire ma propre histoire, mais pour Brett, ça se passe maintenant. Alors, s'il y a une infime chance que je puisse l'aider, je dois foncer.

Je pars à sa recherche et le trouve dans le salon, les yeux rivés au plafond, le visage fermé. Il n'a pas eu un seul sourire de la journée, c'est déstabilisant.

— Brett ?

— Désolé, je n'aurais pas dû m'énerver, dit-il en effleurant ma main. J'ai l'impression que ma vie entière est un mensonge, mes parents, leur mariage, tout. Je voudrais appeler mon père et exiger des réponses, mais l'idée même de les entendre me terrifie… Qu'est-ce que je dois faire, Becca ?

Ses yeux sont rougis. En fait, il a quitté la chambre pour aller pleurer.

— Rien pour le moment, même si dans ta tête, tu as l'impression que c'est une question de vie ou de mort. Je crois surtout que tu devrais venir dîner à la maison… avec ma mère et moi.

— Avec ta mère ? Pourtant, tu ne voulais pas qu'elle soit au courant pour nous deux. C'est même écrit dans ta liste ! ironise-t-il avec un sourire triste.

— Je sais. Mais tu as besoin de te changer les idées. Rester ici ne t'aide pas du tout.

— Tu es prête à ça pour moi ?

Qu'il en soit surpris est blessant.

— Bien sûr, Brett.

Il pose sa tête sur mon épaule en poussant un grand soupir.

— Tu es la meilleure des petites amies, Becca Hart.

*

Dire que je suis nerveuse à l'idée de ce dîner est un euphémisme : c'est la panique totale, mon corps ne m'obéit plus, mes pieds tapent le plancher de l'ascenseur, sans que je puisse les arrêter. Je le jure, cet engin de malheur se déplace plus vite qu'à l'accoutumée, les portes s'ouvrent déjà sur le palier, devant mon appartement.

— Pas un mot sur notre pacte, d'accord ? je murmure, tremblante.

Brett n'a pas encore retrouvé son sourire de roi soleil, mais ses lèvres esquissent un mouvement encourageant. C'est un début.

— D'accord.

Sur le point de défaillir, je frappe à la porte.

— Tu n'as pas les clés de chez toi ? s'étonne Brett.

Bien sûr que je les ai, mais je suis trop flippée pour m'en souvenir. Quelle débile. Je sors le trousseau de mon sac, mais ma mère ouvre la porte avant que je n'aie le temps de rattraper mon étourderie. Elle me regarde avec des yeux ronds, puis Brett, puis de nouveau moi. J'ai l'impression que la pellicule se dévide au ralenti. Les secondes s'égrènent, angoissantes, une à une, puis ma mère semble enfin comprendre la situation.

— En voilà, une surprise, Becca !

Je la fixe avec mon regard s'il-te-plaît-maman-n'en rajoute-pas.

— Coucou… Euh… Tu te souviens de Brett ? Mon – *allez, Becca, crache le morceau* – copain.

Elle déglutit, sa main s'agite, vient se poser sur sa bouche, et ses yeux s'arrondissent à nouveau. Ma mère, tragédienne dans toute sa splendeur, en action. Je n'aurais jamais dû proposer cette connerie de dîner.

— Brett, bien sûr ! C'est pour toi que ma Clochette a renversé un plateau de…

— Merci, maman, j'avais failli oublier, je gronde.

— Je me souviens très bien. Entrez !

— C'est un plaisir de vous rencontrer, madame Hart, dit Brett, en parfait gentleman.

Il lui adresse son sourire, LE sourire Brett. Ma mère est fichue. Bon Dieu, dans quel état va-t-il me la mettre ?

— Je t'en prie, appelle-moi Amy ! Si Becca m'avait prévenue, ajoute-t-elle avec un regard de biais à mon attention, j'aurais cuisiné un repas de fête. Pas de simples hamburgers.

— Il adore les hamburgers, je grogne.

— Oui, mada… Pardon, Amy. Tu t'en souviens, Becca ? ajoute-t-il, rougissant.

Je hausse les épaules, puis d'un mouvement, déplace mes cheveux pour qu'ils cachent mes joues, tout aussi écarlates que les siennes. Heureusement, ma mère n'a rien vu, pressée d'aller ajouter un couvert sur la table. Une odeur de viande grillée et non de vanille flotte dans le couloir. Dommage.

— Becca, fais assoir ton ami, je finis de préparer le repas.

Elle lui lance des petits coups d'œil comme si elle essayait de jauger la taille du smoking qu'il portera à notre mariage. J'espère que Brett n'a rien remarqué. Ni le pouce levé ni le clin d'œil qu'elle m'adresse quand il a le dos tourné.

Gros soupir : la soirée va être longue.

Une fois son plat posé au centre de la table, ma mère semble avoir surmonté son choc initial. Elle engage la conversation :

— Alors, c'est arrivé quand ? Becca me répétait tout le temps que vous étiez juste amis.

— Depuis quelques semaines, déclare Brett.

J'ai une quinte de toux… Très, très forte. Brett cesse de s'empiffrer de frites une fraction de seconde et me lance un regard inquiet. Je tente de réparer les dégâts :

— On se parle depuis plusieurs semaines, *en amis,* mais on sort ensemble depuis très peu de temps, hein, Brett ?

— Oui.

Il enfourne trois frites dans sa bouche. Bien. Comme ça il ne pourra plus parler. Les œillères d'amour que ma mère a chaussées me sauvent. Elle sourit béatement, nous regarde à tour de rôle. Brett continue d'engouffrer la nourriture, ainsi le repas sera plus vite terminé.

*

Après la vaisselle, j'emmène Brett visiter notre appartement en terminant par ma chambre. C'est drôle de passer d'une chambre à l'autre, la sienne puis la mienne.

Enfin, drôle, non. Stressant, oui.

C'est le mur tapissé d'étagères qui attire immédiatement l'attention de Brett. Elles vont du sol au plafond, il y a un code couleur. J'en suis très fière.

— Tu as tout lu ?

— Oui. Plus d'une fois, même.

Je suis un peu gênée. C'est la première fois qu'un garçon entre dans ma chambre. Les papillons sont de retour dans mon estomac, c'est l'affolement général là-dedans.

Brett lit quelques titres de livres, puis s'intéresse aux affiches et pages de magazine collées sur mes murs jaunes. Ce sont les groupes de musique que j'écoutais plus jeune ou mes livres préférés dont les histoires sont devenues des films. (Mais bon, le livre est toujours meilleur).

— Vraiment sympa, ta chambre. Comme je l'avais imaginée !

— À cause des livres ?

— Oui !

Brett éclate de rire.

— Ça y est, tu ris !

— Ah… Et alors ?

— J'attendais ça depuis ce matin.

Il fronce les sourcils, puis s'approche de la photo posée sur ma table de chevet : ma mère et moi enlacées. J'adore cette photo, il faisait si beau ce jour-là, on a toutes les deux le visage radieux.

— Tu avais quel âge ?

— C'était le jour de mes treize ans. Ma mère ratait tout en cuisine, c'était immangeable ! Mon gâteau d'anniversaire était salé au lieu d'être sucré. Infâme ! Tu aurais vu ça, tout le monde a recraché en même temps.

— C'est ton anniversaire préféré ?

— Non. C'est le premier sans mon père.

J'attrape le cadre de ses mains et le replace sur la table de chevet. Brett s'assoit près de moi, adossé à la tête de lit.

— Tu as eu raison de me faire sortir de la maison. Je me sens beaucoup mieux ici avec toi et ta mère. Le… reste paraît plus loin.

— Tu peux venir quand tu veux. Je sais que ma mère aimerait beaucoup. Tu peux même emménager, elle sera sûrement d'accord pour un colocataire comme toi !

Il rit encore.

— Elle est très enthousiaste, c'est ça ?

— Elle veut juste que je sois heureuse. Elle a peur que son divorce ait cassé quelque chose chez moi. Que je sois devenue un robot sans émotion, qui ne croit plus à l'amour et passe le reste de sa vie en vieille fille avec dix chats !

— C'est vrai que tu ne crois pas à l'amour…

Mais je commence à y croire.

Stop, la petite voix.

— J'y crois, mais je trouve que le risque d'échec est trop élevé, dis-je, pour nuancer. Quand tu sors avec quelqu'un, il y a une chance sur deux que ça finisse par un mariage ou un cœur brisé. Si tu te maries, il y a à nouveau une chance sur deux que ça se finisse en divorce. À ton avis, quand est-ce que les gens prendront enfin conscience que la chance est toujours contre eux ?

— Tu oublies la chance de trouver la bonne personne. Il existe des couples solides pour prouver le contraire de tes pronostics pessimistes.

— Peut-être, mais il reste quand même beaucoup trop d'inconvénients à tomber amoureux, alors que dans la lecture, dis-je en montrant ma magnifique étagère, il n'y a que du plaisir, sans la douleur. C'est une excellente alternative.

— Je devrais peut-être t'emprunter un livre ou deux, si le mariage de mes parents tourne mal, murmure Brett.

— Ne dis pas ça. Tu ne sais pas encore comment ça va se passer.

Enfin, je m'en doute un peu si je me base sur l'expérience de mes parents et les statistiques. Mais pour le bien de Brett, je garde espoir. Il le mérite.

— Mouais…

Aïe, on est sur une pente glissante.

— Attends, Brett, je reviens tout de suite !

Je cours à la cuisine sortir un pot de crème glacée à la barbe à papa du congélateur, promets à ma mère qu'on laissera la porte ouverte (oh là là, la tête qu'elle tire), et retourne dans ma chambre avant qu'elle ne me sorte un truc encore plus mortifiant.

— Tu aimes cette cochonnerie pleine de sucre et de calories ? me demande Brett.

— Bah oui, c'est ma glace préférée.

Je lui fais ensuite mon grand spectacle : j'ouvre le pot, je plonge la cuillère, je la ressors débordante de glace rose bonbon, puis je l'enfourne dans ma bouche d'un coup. Miam. Je lèche la cuillère pour être sûre de ne rien laisser. Brett fait semblant de m'étrangler.

— Tu n'as pas de clochettes plutôt ? demande-t-il d'une voix timide.

— Non.

Mmh, c'est vraiment très sucré, la glace à la barbe à papa.

Je lance Netflix sur mon ordi.

— Tu sais quoi, Brett, tout le monde pense qu'on sort ensemble, alors qu'on n'a jamais organisé notre premier rendez-vous. C'est trop nul.

— Complètement nul.

— Donc, on doit absolument…

— Réparer ça. Entièrement d'accord.

— Arrête de terminer mes phrases ! Je déclare donc qu'aujourd'hui est notre premier rendez-vous officiel. Tu veux regarder quoi comme film ?

— Un truc qui fait peur.

— J'adore les films d'horreur ! Mais je te préviens, il n'y aura pas de câlins !

Brett fait la moue. Je choisis le film. L'histoire d'une famille qui a quitté sa maison hantée pour une nouvelle maison également hantée, avec des trucages révolutionnaires.

Je termine le pot en moins d'une demi-heure et m'étouffe plusieurs fois à force de rire. Ce n'est pas le film qui est drôle, c'est Brett. Il sursaute, pousse des petits cris, se cache le visage dans mon oreiller. Pour l'embêter, je place une cuillerée de glace devant sa bouche. Il la repousse en faisant semblant de vomir.

— J'aime une fille qui a des goûts de chiottes, c'est dingue.

Tout d'un coup j'ai chaud partout. Je sens mon cœur essayer de se libérer de la cage dans laquelle je l'ai enfermé. Pendant une fraction de seconde, une toute petite seconde, j'y réfléchis. Je jette un coup d'œil à Brett. Il fixe l'écran délibérément. OK.

On doit faire semblant qu'il n'a jamais dit ça. De toute façon, notre relation, c'est du chiqué, nous sommes deux acteurs de théâtre. Il ne le pense pas…

Je cache mon sourire derrière la cuillère.

Quand je me réveille le lendemain matin, Brett est toujours allongé à côté de moi. On a dû s'endormir pendant le deuxième film. Je me redresse, me raidis en entendant un bruit sourd… L'ordi vient de tomber du lit. Je remarque alors une assiette posée par terre, avec deux clochettes, et un Post-it sous chaque pâtisserie. Un Post-it griffonné *Becca*, l'autre, *Brett*, de l'écriture arrondie de ma mère.

Brett

Le premier voyage d'affaires de mon père a eu lieu l'année dernière, juste après sa nouvelle promotion. Nous étions allés la fêter en famille en dînant dans un restaurant italien très chic. Je garde un super souvenir de la table, l'éclairage tamisé, les vins. Tout était cher et c'était écrit en italien. Ma mère n'arrêtait pas de sourire. J'étais heureux parce qu'ils étaient heureux et que nous étions tous ensemble.

Pendant le repas, mon père nous a expliqué que sa promotion signifiait aussi davantage de responsabilités… et de déplacements à travers le pays pour donner des conseils, former les employés des hôtels du groupe. Il a dit que l'entreprise comptait sur lui, qu'il devait les impressionner, qu'il ne pouvait pas refuser ces voyages.

Ma mère était aux anges, fière de lui. Il ajoutait une nouvelle pierre à la réussite familiale. Alors que moi, j'étais triste, cela m'inquiétait que mon père parte pendant des semaines. Même un jour. Comment le leur montrer, alors qu'ils avaient l'air si heureux ? Je n'ai pas voulu gâcher ce moment, j'ai dit que ce serait sympa de voir du pays. Mon père a cru que je l'enviais, il a répondu que moi aussi je voyagerai plus tard, pour le football.

Ma mère a commandé une bouteille de Prosecco qu'on a remportée à la maison pour trinquer encore. Il est parti en voyage le week-end suivant, à Buffalo. Un nouvel hôtel venait d'ouvrir près de la frontière canadienne. Mon père portait un costume neuf. Ma mère et moi avons attendu son taxi, dehors avec lui. Il avait préparé une valise et une mallette. Quand le taxi est arrivé, ma mère l'a embrassé, lui a dit qu'elle l'aimait, il a dit qu'il l'aimait aussi. Il avait l'air sincère… Il l'était, ça se voyait dans ses yeux et à la façon dont il tenait le visage de ma mère entre ses mains. C'était réel. Après, mon père m'a demandé de veiller sur ma mère durant son absence et il est monté en voiture.

Ce premier week-end sans lui s'est mieux passé que je ne l'avais imaginé. Jeff et des copains de l'équipe sont venus à la maison, on a commandé des pizzas et regardé l'enregistrement de notre dernier match de foot. L'entraîneur tient à ce qu'on visualise nos erreurs pour s'améliorer. Ma mère allait bien, elle tournicotait dans le salon en proposant des boissons et des desserts. Mon père était absent, mais la vie continuait pour elle et moi. Bien sûr, il me manquait, mais c'était gérable sachant qu'il rentrerait deux jours plus tard.

Quand il est revenu de ce premier voyage, il m'a rapporté un nouveau sac de sport et des babioles achetées à l'hôtel (avec leur logo dessus). Ma mère était ravie, j'étais comblé.

Mais maintenant, je ne peux m'empêcher de douter. Il y a eu plus d'une dizaine de voyages au cours de l'année écoulée. Je ne peux pas m'empêcher de chercher un détail qui permettrait de décider à partir de quand il s'en est servi d'excuse pour s'échapper. Y a-t-il un jour où ma mère a cessé d'avoir l'air heureuse à son retour ? Un départ sur le perron où elle ne lui aurait pas dit « Je t'aime » ? Je n'ai jamais pensé à vérifier si les cadeaux qu'il rapportait venaient bien de l'État où il était censé être allé. Si seulement le passé avait été enregistré comme mes matchs de foot, je pourrais tout revoir, revenir au moment exact où tout a changé.

Puis je me souviens de ce qu'a dit Becca à propos des réponses qui restent en suspens, des énigmes de la vie qui ne sont jamais résolues. C'est pire que l'enfer de ne pas savoir.

Je veux connaître la vérité.

C'est décidé, j'en parle à ma mère.

Elle sait depuis un moment déjà, certains signes ne trompent pas. Ses pleurs et sa tristesse qui ne s'arrêtent jamais, son silence. Le vin renversé pendant le dîner, les conversations feutrées à huis clos. Tous ces petits indices s'additionnent dans ma tête. J'étais trop insouciant ou occupé pour y prêter attention. Mais ils sont bel et bien là, impossible de les ignorer. Pourtant, j'espère que ma mère ne sait rien. Si elle est au courant des mensonges de mon père depuis tout ce temps et qu'elle a choisi de me les cacher, je ne sais pas comment je réagirai.

Elle souffre seule depuis le début aussi...

Une infime partie de moi espère encore que ma mère n'est pas au courant. Ou alors, qu'elle aura une explication plausible quand je lui dirai avoir vu une autre femme au bras de mon père. Comme ça, ma vie reprendra son cours normal, entre les matchs de foot et la fausse relation avec Becca. Peut-être que c'est une amie d'enfance ? Ou ma mère, avec une perruque ?

N'importe quoi... Mais c'est plus facile que d'affronter la réalité.

Je prends ma décision en rentrant chez moi après la nuit passée chez Becca. Ça m'a aidé de la voir avec sa mère : elle et sa mère, comme une bouffée de réconfort au milieu de mon océan déchaîné. Ça m'a aussi aidé à comprendre que je n'étais pas seul à affronter cette épreuve. J'ai ma mère, comme Becca a la sienne.

Et j'ai Becca aussi.

Je ne sais pas pourquoi j'ai dit à voix haute que je l'aimais. Mais une fois les mots sortis, je n'ai pas regretté. Ils paraissaient justes. Elle compte de plus en plus dans ma vie. Normal avec tout ce qu'elle fait pour moi. On forme une vraie équipe. Notre relation est censée être fausse, avec un contrat très clair : uniquement pour la galerie à l'école. Mais Becca donne bien plus, elle me consacre ses week-ends, ses soirs de semaine. Elle me laisse entrer chez elle, dormir chez elle. Elle a littéralement couru jusque chez moi quand j'avais besoin d'elle. Et le dîner avec sa mère. Comment ne pas aimer cette fille, avec son cœur gros comme ça ?

Pourtant, je connais la position de Becca sur l'amour et les relations amoureuses. C'est précisément à cause de ça qu'elle préfère notre comédie. Comment en sortir ? Comment agir sans la pousser trop loin ni lui faire peur ? Je suis en équilibre sur une corde raide dans tous les aspects de ma vie. L'avenir de mes parents pend sous mes yeux comme une ficelle effilochée, ce serait bien trop égoïste de ma part d'approfondir mes sentiments pour Becca en ce moment.

Quand je me gare dans l'allée, je suis tendu à l'extrême. La voiture de mon père est là. Merde, c'est tellement bizarre de se sentir nerveux parce qu'on rentre chez soi. Avant, le retour de mon père constituait le point culminant de ma semaine. Aujourd'hui, j'ai tellement la trouille d'apprendre la vérité que je pourrais rester planqué dans ma voiture jusqu'à demain. Comment ma vie a-t-elle pu basculer en une seule soirée ?

C'est parti. J'entre chez moi.

— Maman ?

— Je suis en haut, Brett !

Je la trouve dans sa chambre, en plein essayage de robe devant le miroir. Un monsieur avec un mètre de couturier autour du cou ajuste les plis autour de ses hanches.

— Comme ça ? dit-il, en plantant une épingle dans le tissu.

— Oui, très bien. Il faudrait raccourcir la jupe, je ne veux pas qu'elle traîne. Te voilà, mon chéri ! Ton père est rentré, il est quelque part en bas. Sûrement dans son bureau.

— Qu'est-ce qui se passe ?

— Carlos m'arrange cette robe pour l'inauguration de ce week-end.

— Ce week-end ? Déjà ?

— Oui. Tu n'as pas lu le texto de ton père ? Il a essayé de t'appeler aussi, tu étais où ?

Avant même que je puisse répondre, elle reprend, intarissable :

— L'hôtel ouvre enfin, ils organisent une belle fête. Ton père et moi y serons, toi aussi bien sûr. Va chercher ton costume et essaie-le. S'il y a des retouches à prévoir, Carlos devra s'y mettre rapidement.

Je ne bouge pas. J'ai l'impression d'avoir été aspiré dans une autre dimension.

— Brett ? Ton costume !

Ma mère et le couturier me regardent comme si j'avais perdu la tête.

— Maman, je peux te parler une seconde, s'il te plaît ?

— Quand tu auras essayé ton costume, mon grand.

À moitié hébété, je pars dans ma chambre et j'enfile ce putain de costume.

J'entends les pas de mon père dans l'escalier, ils sont couverts par la voix de ma mère qui crie toutes les deux secondes : « Brett, dépêche-toi ! »

— J'arrive.

C'est complètement dingue de parler inauguration d'hôtel, fête et fanfreluches alors que j'ai cet énorme secret qui pèse une tonne, prêt à jaillir de ma bouche.

Ma mère s'exclame en me voyant :

— Oh, Brett ! Tu es tellement beau quand tu es bien habillé ! N'est-ce pas, Carlos ? Approche, laisse-moi voir.

Les deux me tournent autour, tirent sur un pan de veste, redressent une épaulette.

— Maman, il est où, papa ?

— Au sous-sol. Thomas ! Ton fils te demande ! crie-t-elle. Tu as une cravate pour aller avec cette chemise ? Sinon, tu en choisis une dans celles de ton père.

Tout ce cirque me semble tellement surjoué.

— Maman, j'ai besoin de te parler.

Ses yeux se lèvent enfin vers les miens. Elle fait signe à Carlos de nous laisser cinq minutes.

— Qu'est-ce qui ne va pas, mon grand ?

Bon, je commence par quoi ? Bon Dieu, quelle merde.

— Tu te souviens quand papa est parti à New York, il y a quelques semaines ? Je suis venu te voir dans ta chambre. Tu dormais, mais je t'avais entendue pleurer. Il y avait des mouchoirs partout... Pourquoi tu étais triste ?

Une longue minute s'étire entre nous.

— Tu sais que j'ai toujours du mal quand ton père s'absente.

On dirait une réponse toute prête, sortie d'un manuel du genre *Comment faire comme si tout allait bien.*

— Parce qu'il te manque ?

— Bien sûr. Il me manque toujours quand il s'en va.

— Mais quand il est rentré, tu n'avais pas l'air heureuse.

Ma mère se fige, baisse les yeux et étudie ses ongles. Elle tapote le lit pour que je m'assoie près d'elle. Puis, elle m'attrape la main. Les siennes sont froides. Je fixe son alliance. J'essaie de me souvenir à quand remonte la dernière fois où nous avons discuté entre quatre yeux, mais n'y arrive pas. Parce que je discutais de foot avec mon père, ou de choix d'université. Ma mère nous écoutait, souriante. Cela fonctionnait de cette façon. Maintenant, je n'arrive même pas à lire sur son visage si elle va bien ou pas, parce que je ne sais pas comment m'y prendre avec elle.

— J'étais peut-être préoccupée, Brett. Je suis toujours heureuse quand ton père rentre à la maison.

— Non. Tu n'as pas bougé, tu n'es pas allée à sa rencontre, tu ne lui as pas parlé comme d'habitude. Ce soir-là, tu as renversé du vin, tu t'es mise à pleurer. Après, tu es montée dans ta chambre et papa t'a suivie. Je vous ai entendu parler…

Sa main se resserre autour de la mienne. Sa bague s'enfonce dans ma paume.

— Tu nous as entendus ? s'alarme-t-elle.

— La porte était fermée, je n'ai pas capté en détail. Vous parliez de quoi ?

— Brett… Nous parlons de beaucoup de choses. Tu n'as pas à t'inquiéter. J'étais sûrement fatiguée, j'ai des insomnies. Oublie tout ça ! L'hôtel ouvre ce week-end, c'est la fête. Une belle soirée en perspective, d'accord ? Tout va bien pour ton père et moi.

Pas étonnant que je sois doué comme faux petit ami de Becca, être bon acteur, c'est génétique. Je me sens encore plus perdu, je n'aurai pas de réponse… pour l'instant. Peut-être devrais-je être soulagé, ma vie reste sur des rails… Non, ce n'est pas suffisant, le doute est un poison lancinant, je dois m'en débarrasser.

— Si quelque chose n'allait pas entre papa et toi, tu me le dirais ?

— Je t'assure que tout va bien, Brett.

— Tu m'en parlerais, oui ou non ?

— Bien sûr, soupire-t-elle.

— Et tu voudrais aussi que je te parle ?

— Comment ça ?

— Si j'avais des doutes sur papa… Tu préfèrerais savoir ?

Cette fois-ci, ma mère réagit. Ma mère, ce modèle de douceur et de patience, qui n'a jamais élevé la voix, ne s'est jamais fâchée après moi, s'est toujours montrée d'humeur égale, se métamorphose sous mes yeux : elle est bouleversée.

— Brett, dit-elle à voix basse, avec un regard inquiet vers la porte, tu as...

La porte s'ouvre, mon père entre, faisant sursauter ma mère. Ce qu'elle s'apprêtait à me dire tombe aux oubliettes. Elle se lève (trop vite) et lui sourit. Toute trace de colère ou d'émotion a disparu de son visage.

— Ah, te voilà ! Brett essayait justement son costume. Tu en penses quoi ?

— Très bien, très bien. Hello, fiston, comment s'est passé le match ?

— On a gagné.

— Et ta petite amie ?

Il me faut un quart de seconde pour me souvenir que je lui ai parlé de Becca.

— Quoi, ma petite amie ?

— Tu l'invites à la maison le week-end prochain, j'espère ?

Je le trouve nonchalant. Il ouvre sa valise, commence à sortir ses vêtements parfaitement pliés et rangés. Cela me fait penser aux piles de dossiers sur son bureau. À l'espionnage. Aux mensonges.

— Ta mère et moi serions très heureux de la rencontrer.

Je suis partagé entre l'attitude altruiste de tenir Becca loin de ce gâchis, et l'envie égoïste de l'avoir près de moi ici. L'idée première de cette fausse relation était justement de faire croire à mon père que je sortais avec une fille. Mais maintenant, ce mensonge pour l'impressionner me semble une erreur. Il y a trop de mensonges dans cette maison. À croire que nous n'avons que les mensonges en commun…

— Elle viendra.

Mon père me gratifie d'un sourire extatique.

Becca

Ma fausse relation ressemble de plus en plus à une association de détectives lancés sur la piste d'un mystère. Le problème, c'est que ni Brett ni moi ne sommes qualifiés ou doués pour le résoudre. J'aurais dû ajouter depuis longtemps un thriller à ma pile de lectures hebdomadaires, on serait moins nuls avec nos intuitions.

Lundi après-midi, nous parcourons la ville avec une pile de dépliants Hart Cupcakes. Brett porte le rouleau de scotch et l'agrafeuse. Maman était folle de joie en découvrant que la publicité avait fonctionné (merci, Jenny), du coup elle nous a demandé d'en coller partout. La moitié des lampadaires de Crestmont ont maintenant une feuille de papier rose collée dessus !

Quand le stock d'affichettes est épuisé, je propose à Brett de nous récompenser pour ce travail intensif. À l'arcade, forcément. Brett choisit le Whac-A-Mole. Il frappe beaucoup trop fort sur les touches, on dirait qu'il a une vengeance personnelle à régler avec les petites taupes multicolores. Il me parle de l'ouverture de l'hôtel prévue ce week-end et d'un couturier qui le piquait en épinglant son costume, en marmonnant dans sa barbe :

— C'est complètement dingue, Becca, ma mère avait l'air euthanasiée, elle ne réagissait pas du tout.

Il s'énerve sur une touche verte.

— Elle sait, j'en suis sûr, grogne-t-il. Elle sait mais elle refuse d'en parler avec moi. Alors comment je suis censé lui dire que je sais ce qu'elle sait, hein ?

— Quoi ?

Bing, encore un coup. Je ne sais pas comment le tableau de bord du Whac-A-Mole résiste à ses assauts. Fin de la partie. *Ouf.* Brett arrache les billets qui sortent de la machine et les fourre dans sa poche. Quelques-uns tombent sur le sol, je les ramasse. Il a refusé de les échanger contre une baleine en peluche, mais j'aimerais bien un sachet de bonbons. Ou une autre bague.

— Ma mère est au courant, mais de quoi, je ne sais pas, articule-t-il, en se dirigeant vers un autre jeu. Pourquoi l'école ne nous apprend-elle pas ça ? Pourquoi les parents pensent-ils toujours qu'on est trop jeune pour connaître la vérité ?

— Des cours d'espionnage, c'est ça que tu voudrais ?

— Bah oui. La physique des atomes ou les théorèmes d'algèbre ne m'aideront pas à empêcher ma famille de partir en cacahuètes.

— Pourtant les atomes s'associent entre eux, les électrons s'ordonnent autour d'un noyau, c'est…

Brett me foudroie du regard.

— Quoi ? J'aime la physique et j'essaie d'être constructive !

Il renifle, puis se met à rire. Un rire explosif, nerveux, hors de contrôle, complètement déjanté. Je m'assois à côté de lui. Nos jambes se cognent l'une contre l'autre. Je me souviens de ce moment unique où il a dit qu'il m'aimait l'autre soir. Et cet autre moment, quand il m'a embrassée au lac des Amoureux. Si j'étais détective, j'arriverais peut-être à percer le mystère de mon cœur et de ces sentiments bizarres qui fleurissent en moi.

— Tu connais le mot « apogée » ? je demande.

— Oui... Enfin je crois.

— Miss Copper en parlait hier en cours. Dans chaque livre, il y a une succession d'événements qui se transforment en un moment unique, monumental. C'est ce qu'on appelle « l'action montante ». Elle mène au point culminant de l'histoire, qui est le moment le plus intense, un truc fou qui se produit et qui laisse le lecteur sous le choc. Par exemple, au fur et à mesure que les personnages se séparent, un secret est révélé, ce genre de trucs.

— J'adore quand tu te mets en mode madame-je-sais-tout !

Je lui donne une tape sur le bras et poursuis :

— Après l'apogée, la dernière étape d'un livre est l'épilogue, la partie où tous les problèmes sont résolus, les héros à nouveau heureux, il y a un sentiment de soulagement. Maintenant, si on fait un parallèle avec ta famille, Brett, interroge-toi sur cet apogée, quand tout devient fou… Ce que j'essaie de te dire, c'est qu'il faut t'accrocher, attendre l'épilogue. Parce qu'à ce moment-là, tout ira mieux. Tout ira bien.

Brett passe son bras autour de mon épaule.

— Tu es incroyable, Becca Hart.

Je commence à rire, mais son visage est sérieux. Aucune moquerie, il le pense vraiment.

Les papillons sont de retour au creux de mon estomac. Mal à l'aise, je hausse les épaules et tripote l'ourlet de ma chemise.

— Tu n'écoutes pas suffisamment en cours, Brett. Je t'ai dit de faire attention en anglais.

— Pourquoi faire ? Je sors avec la première de la classe. Tu es mon encyclopédie personnelle.

— Ah-ah ! Merci du compliment. Tu m'aimes seulement pour ça ?

— Bien sûr que non !

Il bondit sur ses jambes et me tire par les mains. Les billets s'échappent de sa poche, mais il s'en fiche. Il a de nouveau ce regard fou dans les yeux. Cette fois, il sourit. Monsieur-mille-watts est de retour.

— Becca, accompagne-moi à l'inauguration de l'hôtel ce week-end, lance-t-il.

Tsss, je pensais que j'étais censée y aller en tant que fausse petite amie.

— Bien sûr.

— Tu n'as pas compris, Becca : pas dans le rôle de fausse petite amie, mais en vrai. Toi et moi, officiellement. Tu veux bien ?

Des ailes poussent sur mon cœur, il s'envole de ma poitrine.

— Moi... et toi ?

— Oui, en couple. J'ai besoin de toi là-bas. On va arrêter notre cinéma le temps d'une soirée et voir comment ça se passe, d'accord ?

Centimètre par centimètre, les chaînes se desserrent autour de mon cœur. Je n'arriverais plus à l'emprisonner de nouveau.

Vive la liberté.

— D'accord, Brett.

L'inauguration du nouvel hôtel de Crestmont est bien trop grandiose pour une ville où flotte toujours une odeur d'égouts. On se croirait dans un film hollywoodien.

La réception se déroule dans l'immense hall d'entrée. Il y a du marbre du sol au plafond, les talons aiguilles des dames cliquètent quand elles marchent dessus. Les serveurs sont partout, ils virevoltent avec les plateaux de flûtes remplies de champagne ou de petits fours. Je n'arrive pas à me décider tellement il y a le choix. Je me sens comme Ariel dans *La Petite Sirène*, quand elle utilise une fourchette en guise de brosse à cheveux. J'ai l'impression que ma vie de Becca Hart vient d'être plongée dans un univers parallèle de nourriture somptueuse et de robes de princesse. Heureusement que Brett est là, éternellement souriant, pour me ramener à la réalité... Mais je dois reconnaître que sa présence est quasi irréelle :

il est à son maximum d'attractivité avec ce costume qui lui va comme un gant.

Quand je suis arrivée, j'étais encore en mode « détective », je pensais que son père aurait l'air louche, genre le méchant du film, et que sa mère serait au fond du trou, avec des cernes de koala à force d'avoir pleuré (comme la mienne, quoi). Mais pas du tout, de loin, ils ont l'air hyper accueillants, en phase (ils ne se quittent pas d'une semelle), et ils sont beaux comme des papes avec leurs vêtements de marque. J'ai mieux compris ce que Brett entendait par « Ne pas pouvoir découvrir la vérité ». Vue de l'extérieur, sa famille semble toujours aussi parfaite.

— Tu t'amuses bien ? murmure Brett à mon oreille.

Je sursaute. Il pose ses mains sur mes hanches pour me rassurer, l'effet est immédiat. Savoir que nous ne faisons pas semblant ce soir change tout.

— Je n'ai jamais rien vu d'aussi beau.

— Pas mal, ouais. On se croirait ailleurs qu'à Crestmont. Viens que je te présente.

Ses parents font des mondanités, je les ai vus passer de groupe en groupe pour saluer les invités. Mon état de stress monte d'un cran. Ils sont maintenant près du bar, dressé le long d'une paroi vitrée qui semble mener à un coin salon extérieur.

— Ils discutent avec celle qui a fait toute la déco, me précise Brett. À côté, c'est son mari.

— Ils n'ont pas l'air d'ici, ils viennent de New York ?

Un serveur passe près de nous, Brett attrape un mini hot-dog qu'il engloutit aussitôt.

— Non, d'ici. Tu ne les reconnais pas ?

J'essaie de voir derrière les paillettes et le glamour.

— Si, je les reconnais : les parents de Jenny.

Quand on parle du loup… Au même moment, Jenny apparaît près de ses parents, un verre à la main. Brett la remarque aussi.

— Désolé, je ne savais pas qu'elle serait ici. Tu rencontreras mes parents plus tard. On va prendre l'air.

Brett m'entraîne à travers la foule, puis me conduit par une série de portes vitrées à un petit patio extérieur donnant sur la piscine. Avec la lune haute dans le ciel et l'absence d'humidité, la nuit est parfaite. Et calme. Si calme. J'entends les battements désordonnés de mon cœur.

Accoudés à la balustrade, nous admirons le ciel étoilé. Je sens le regard de Brett se poser sur moi.

— J'aime bien ta robe.

Ses doigts viennent toucher mes boucles, que j'ai tenté de discipliner pendant une heure devant le miroir.

— J'aime tes cheveux, coiffés comme ça.

Puis il attrape ma main et m'attire contre lui.

— Et je nous aime beaucoup comme ça. Sans faire semblant.

— Moi aussi.

Brett sourit.

— C'est vrai ?

— Oui.

C'est peut-être l'obscurité ou bien le calme ambiant qui aide, mais les mots sortent sans effort de ma bouche :

— Je t'aime, Brett. Ce n'était pas censé arriver. C'est pour ça que j'étais d'accord avec une fausse relation, elle me mettait à l'abri. Elle devait empêcher ce qui arrive maintenant, m'éviter d'avoir le cœur brisé. Mais à présent, c'est trop tard. On est là ensemble, tout est trop réel et ça me fait peur.

— Pourquoi tu as peur ?

— Parce que les couples, ça ne marche jamais. Regarde mes parents. J'ai toujours cru qu'ils étaient super amoureux, que leur amour durerait toujours, et puis un matin, mon père a décidé que c'était mieux ailleurs. Que sa vie avec nous ne lui suffisait pas. Les gens parlent toujours de l'amour, jamais du désamour. Et regarde tes parents…

Brett tressaille.

— Désolée ! Oublie, Brett. Je ne sais pas. Certains couples se brisent. Je ne suis pas sûre de pouvoir supporter qu'une autre personne me quitte.

— Laisse-moi te montrer que je peux être celui qui reste.

— C'est très gentil, Brett, mais qui peut savoir si c'est vraiment ce qui arrivera ? Se lancer dans une relation, c'est un gros pari, avec autant de chance contre que pour… Ce soir, avec ce ciel étoilé, cette robe que je porte pour la première fois, j'ai l'impression d'être dans un monde différent, je pourrais croire à la magie. Au romantisme à l'état pur.

— Et toi, tu n'es pas gentille, Becca ! Tu penses que je vais me réveiller demain en ayant changé de sentiments pour toi ? Impossible. Je sais que je t'aime depuis un moment déjà, et je peux t'assurer que cela ne changera pas demain, ni les jours d'après.

Brett pose l'index sur mon front et le tapote.

— Il y a un verrou là-dedans à décoincer, Becca. Tu réfléchis trop, tu cherches toujours les défauts, les côtés négatifs.

— Je sais... Je suis un peu perdue, du jour au lendemain, alors qu'on était des parfaits inconnus l'un pour l'autre, bing, on a fait semblant d'être amoureux. La frontière entre le vrai et le faux a commencé à s'estomper, je ne distingue plus rien.

— Ce n'est pas parce qu'on faisait semblant que ce n'était pas réel, Becca.

Il a peut-être raison. Notre premier baiser a changé quelque chose en moi, une kyrielle de sentiments que j'avais toujours refoulés soigneusement a commencé à s'agiter. D'abord, on faisait semblant, ensuite on est devenus amis. Il y a eu l'arcade, le partage des secrets dans sa voiture, le faux devenait réel et moi, je mettais un point d'honneur à ignorer mon propre cœur.

On dirait que mon esprit ne veut plus l'ignorer.

OK, il est temps de déverrouiller les serrures et d'ouvrir les fenêtres. Tomber amoureuse n'est pas forcément se retrouver condamnée, l'avenir n'est pas non plus déterminé par le passé. Je devrais arrêter de vivre à travers les livres, m'autoriser enfin à ressentir, à me lâcher un peu.

J'ai surtout envie de tout ressentir avec Brett.

— Brett ?

— Oui, Becca ?

J'appuie ma tête contre sa poitrine. J'entends les battements de son cœur.

— Ne me brise pas le cœur, d'accord ?

Sa main relève mon menton, nos regards se croisent. Le clair de lune joue sur son visage.

— Je ne le ferai pas.

Juste au moment où Brett est sur le point de m'embrasser, la porte s'ouvre, une femme arrive. La seule nuance qui empêche sa tenue noire de se fondre dans la nuit est l'appareil photo suspendu à son cou.

— Ah, vous voilà ! s'exclame-t-elle. Je peux prendre une photo de vous deux ?

Brett grogne devant cette interruption au plus mauvais moment.

— Un peu plus à gauche, je voudrais que la lune soit derrière vous… Parfait. Souriez !

Clic, le flash se déclenche. C'est plus fort que moi, mon sourire s'obstine à rester sur mes lèvres.

— Super, merci, les jeunes ! Vous êtes un couple trop mignon !

Et elle repart. Ses mots flottent encore dans l'air.

Je remarque une petite allée latérale contournant le bâtiment en direction du parking. Quelqu'un se tient là, derrière une voiture. Un homme. On dirait qu'il cherche à dissimuler une autre personne. D'où je me trouve, je peux voir son visage.

— Brett, regarde.

Son père. La deuxième personne apparaît. Une femme… qui n'est pas la mère de Brett. Aucun doute possible cette fois-ci, aucun indice supplémentaire à chercher. La réponse est juste devant nous.

— La femme du restaurant, souffle Brett.

Son visage est maintenant un diaporama d'émotions. La surprise d'abord. Puis la tristesse. Et à présent la colère. Il me lâche la taille, serre les poings, ses yeux lancent des éclairs.

La suite est comme une scène de film en accéléré. Brett s'élance dans l'allée, déboule sur le parking en rugissant. Je cours derrière lui, je l'appelle, mais il est trop rapide. Il se tient déjà devant son père et vocifère. La femme s'est figée comme une statue.

— Tu as osé l'amener alors que maman est là, juste à l'intérieur ? Bordel, j'y crois pas, tu as osé !

Aucun son ne sort de la bouche de son père, pourtant il remue les lèvres. De toute façon, qu'aurait-il à dire ? Il n'a aucune excuse, la vérité saute aux yeux.

Quand Brett éclate en sanglots, je glisse ma main dans la sienne.

— Je t'ai vu l'autre soir, hoquète-t-il. Je ne voulais pas y croire. Ce que tu fais à maman, c'est… Tu nous mens, tu partais tous les week-ends pour… elle ?

Je regarde la femme qui se cache le visage dans les mains. Elle pleure ? Non, le choc, plutôt. Elle regarde maintenant Brett, puis son père, comme si elle assemblait enfin les pièces de son propre puzzle. Ignorait-elle qu'il était marié ?

— Brett… Brett ?

J'essaie de l'entraîner, mais ses pieds sont comme plantés dans le bitume. Les portes de l'hôtel s'ouvrent, des curieux pointent leur nez. Les vociférations de Brett ne sont pas passées inaperçues. Pourtant, le spectacle n'est pas réjouissant, nous pleurons tous les quatre.

La mère de Brett s'avance vers nous.

— Qu'est-ce qui se passe ?

Vu son visage blême et le regard stupéfait qu'elle lance à son mari, puis à sa maîtresse, je pense qu'elle a déjà compris. Cette scène est surréaliste. J'ai l'impression de revivre la même horreur que le jour du départ de mon père. Quand Brett se tourne vers sa mère, il semble brisé en mille morceaux. C'est déchirant.

Contrairement à l'autre femme, la mère de Brett ne paraît pas surprise. Son visage n'est pas celui d'une femme qui vient de découvrir la tromperie de son mari, elle avait compris depuis un moment et préféré le garder pour elle.

Brett est tellement choqué qu'il manque de tomber. Je le rattrape juste à temps. Il est lourd. Il fixe sa mère, sidéré.

— Tu le savais alors ? Tu le savais, et tu n'as rien dit ?

Elle ne répond pas. On entendrait une mouche voler. Un attroupement s'est formé et observe. Dans une ville aussi petite que Crestmont, les parents de Brett deviendront le sujet de discussion numéro un dès demain. La famille parfaite n'est plus. Le regard de sa mère me rappelle celui de la mienne, infiniment triste : le chagrin ronge lentement, mais déchire inexorablement.

Je comprends pourquoi elle ne l'a pas dit à Brett. C'est la même raison qui a poussé ma mère à se lancer dans la pâtisserie : pour tenir le coup, endiguer le chagrin pour qu'il ne se propage pas à leur enfant. Mais Brett est trop en colère, il ne peut pas le comprendre maintenant.

— Tu le savais et tu ne m'as rien dit… Et toi ! hurle-t-il à nouveau à son père, comment t'as osé faire ça ?

Sa voix se brise. Brett se recroqueville sur lui-même. Je pense d'abord qu'il va fondre en larmes, mais au lieu de cela, il se redresse et balance un coup de poing en pleine figure de son père. Le bruit est glaçant. Son père est en sang, le nez explosé.

J'en reste bouche bée.

Je regarde Brett avec du sang sur son poing.

Je regarde son père avec du sang sur le visage.

Je regarde sa mère et l'autre femme, qui pleurent à chaudes larmes.

Ensuite, j'attrape Brett par la main et cette fois-ci, je tire de toutes mes forces pour l'entraîner. Nous traversons le parking en courant, j'ai mal aux pieds avec mes talons. Je bifurque à gauche, longe la rue jusqu'à un petit parc où Brett s'affale dans l'herbe.

Il reste allongé là, visage tourné vers le ciel, une main ensanglantée sur sa poitrine.

Je m'assois près de lui pour reprendre mon souffle. Tout est calme. Pas une voiture ne passe. Je remarque alors que ma robe est tachée de sang. Brett aussi. Il réagit enfin :

— Je suis désolé, Becca. Je suis vraiment désolé.

Je l'attire pour qu'il pose sa tête sur mes genoux.

— Ça va aller, Brett.

Sauf que je n'en suis pas si sûre.

— Je regrette de l'avoir frappé, même s'il le méritait… Bon Dieu, ma mère, tu as vu sa tête ?

Il pleure à nouveau.

— Elle savait, Becca. Elle le savait depuis tout ce temps et ne me l'a pas dit.

— Tu es en colère contre ton père, Brett, pas contre ta mère. Elle souffre autant que toi.

Il se redresse brusquement.

— Il faut que j'y retourne. Je ne peux pas la laisser avec lui.

Il s'élance à travers la pelouse. Je lui cours après et parviens à le rattraper dans la rue.

— Non, Brett. Reste ici. Si tu veux, je vais chercher ta mère, mais tu ne peux pas y retourner. Pas dans cet état, tu es trop en colère, tu risquerais de faire un truc encore pire.

Brett respire fort. Je n'arrive pas à déchiffrer l'expression de son visage. Il y a de la confusion, de la culpabilité, beaucoup de tristesse aussi.

— Il le méritait, s'enflamme-t-il de nouveau.

— Oui, mais pas forcément en public, devant tous ces gens, Brett. Tu sais comment est Crestmont, ça va…

— Je me fiche de ce que les gens vont dire ou penser, Becca ! Mon père est un menteur. Tout a été un putain de mensonge ! Pourquoi le cacher ? Pourquoi est-ce que je devrais préserver sa réputation de salaud ?

— Ce n'est pas ce que je voulais dire. Je pense juste que ce sera bien assez difficile sans que tout le monde s'en mêle.

Brett ne m'écoute plus, je n'arriverai pas à le raisonner. Sa décision est prise.

— Je dois aller chercher ma mère, Becca. Laisse-moi, s'il te plaît.

Je le laisse s'éloigner puis retourne m'allonger sur l'herbe. Elle est humide et froide. Ma robe n'appréciera sûrement pas, mais tant pis, elle est déjà tachée. J'essaie de frotter le tissu, en vain. Autant rentrer à la maison.

Une voiture roule lentement dans la rue, puis s'arrête à ma hauteur. La vitre s'abaisse… Surprise, je ne m'attendais pas du tout à reconnaître la conductrice.

— Becca ? Tu as besoin d'un chauffeur on dirait, me lance Jenny. Monte, je te ramène chez toi.

Brett

Notre maison est maintenant silencieuse.

Ma mère s'est enfin endormie, je n'entends plus ses pleurs. Quand je suis retourné la chercher à l'hôtel, le parking était désert, il n'y avait plus un chat, la foule s'était dispersée comme si tout cela n'avait été qu'un cauchemar.

J'ai retrouvé ma mère assise dans le hall, prostrée sur un canapé, les yeux barbouillés de son maquillage qui avait coulé. Mon père était accoudé au bar, entouré par le personnel de l'hôtel, l'air parfaitement normal. Je l'ai ignoré, j'ai attrapé ma mère et suis ressorti aussitôt. Elle était muette. Je l'ai soutenue jusqu'à ma voiture.

Sur le trajet, elle n'arrêtait pas de répéter : « Je suis désolée… Désolée, Brett. » Ça me blessait qu'elle pense que ce qui est arrivé puisse être de sa faute.

— Non, maman, ne sois pas désolée, s'il te plaît.

Il n'y avait rien d'autre à dire.

Pour aller de la voiture garée devant chez nous jusqu'à la porte d'entrée, ma mère s'est littéralement accrochée à moi comme à une bouée de sauvetage. Je ne savais même pas comment lui expliquer que je me noyais aussi.

Je l'ai accompagnée jusqu'à sa chambre, j'ai essuyé son visage avec une serviette chaude. Une fois qu'elle était prête à se coucher, je l'ai bordée en tirant la couverture jusqu'à son menton, comme elle le faisait pour moi quand j'étais petit. Je l'ai embrassée sur le front en lui disant « Je t'aime, maman ». J'ai repensé à ce que m'avait dit Becca à propos de l'apogée et du calme après la tempête.

— Ça va aller, maman, on va s'en sortir, ensemble.

Elle a rouvert les yeux, posé sa main sur ma joue en disant :

— Je voulais te protéger, mon grand.

— Je sais. Mais maintenant, on va se protéger mutuellement. Je ne te laisserai plus porter ça toute seule.

Je me suis assis au bord du lit en attendant qu'elle s'endorme. Cela n'a pas duré longtemps, quelques minutes, peut-être. Quand sa respiration est devenue régulière, je suis redescendu attendre dans le salon. Pendant une bonne heure, je n'ai pas quitté la porte des yeux. Je l'attendais.

Vers minuit, la porte s'est ouverte. Mon père est entré, la cravate desserrée.

Quand on a passé dix-sept ans en étant persuadé de connaître l'un des deux êtres les plus proches de soi, comment le voir différemment ? Je l'admirais tant. Je voulais être comme lui, apprendre de lui, l'impressionner par mes performances. Et maintenant ? La colère bouillonne toujours en moi, la tristesse aussi, et le soulagement quand même de le voir.

Mon père. Celui qui était censé me protéger. Celui qui était censé me dire quoi faire en cet instant.

Au lieu de ça, j'essaie de me séparer de mon père, de le repousser alors qu'il est là... Et je n'y arrive pas.

La lumière est éteinte, il ne me voit pas assis sur le canapé. Il se dirige vers l'escalier... Pour monter retrouver ma mère et dormir près d'elle ? Nous nous réveillerons demain matin comme si de rien n'était et prendrons notre petit-déjeuner en famille ? N'a-t-il pas compris que tout est différent, maintenant ?

Ma voix transperce les ténèbres.

— Tu n'as plus ta place dans cette maison.

Mon père sursaute. Il perd soudain de sa superbe. C'est peut-être le sang sur sa chemise blanche, ou l'énorme bosse violette sur son nez et sa pommette gonflée. On m'a toujours dit que j'étais le portrait craché de mon père, mais en cet instant, je ne trouve aucune ressemblance entre lui et moi.

Il s'assoit, retire ses lunettes et se frotte les yeux. Il a soudain l'air épuisé. Ni triste ni coupable, juste fatigué, comme si la vérité avait juste perturbé sa vie régulière.

— Laisse-moi t'expliquer, fiston.

Un truc étrange se produit alors en moi : je ne veux pas. Je me fiche de ses explications. Je pense à Becca, au poids des cinq années qu'elle a passées avec tant de questions sans réponse. Moi, j'ai les réponses à portée de main, mais cela n'a plus aucune importance. Parce qu'il n'y a aucune explication, aucune excuse. Quelle que soit la raison de sa tricherie, je ne lui pardonnerai pas. Même s'il passe le reste de la nuit à s'excuser. Tout ce que je sais, c'est que ma mère a été humiliée ce soir et qu'une seconde de plus avec le coupable me paraît inconcevable.

À quoi servira la vérité alors que le mal est fait pour ma mère ? Je me fiche de connaître le nom de la femme, où elle habite, comment ils se sont rencontrés, si elle a des enfants. Il n'y a qu'une seule question qui m'importe.

— Maman le sait depuis quand ?

— Depuis le mois d'août.

Je suis vraiment trop con. J'étais obsédé par le foot, je ne pensais qu'à briller sur le terrain pour éblouir mon père. Prêt à m'entraîner jour et nuit… J'ai même embarqué Becca là-dedans, accepté de sortir avec elle pour l'impressionner encore plus. Et pourquoi ? Pour qu'il rate tous mes matchs de la saison. Pour qu'il aille vivre une seconde vie ?

J'ai laissé faire, trop aveuglé par le besoin de lui ressembler, de reprendre sa vie là où il l'avait laissée, sans prendre conscience qu'il était la dernière personne à qui je devrais ressembler.

— Va-t'en. Tu ne peux pas rester ici.

Sans attendre de réponse, je laisse mon père et pars dans ma chambre. Je ne me couche pas avant d'entendre la porte s'ouvrir puis se refermer, suivi du moteur de sa voiture qui s'éloigne. Durant une fraction de seconde, je me dis qu'il ira retrouver l'autre femme, mais cela n'a plus d'importance. Rien de tout cela n'a plus d'importance.

Tout est entaché. Sali. Mes loisirs étaient des extensions de ceux de mon père. Je ne sais plus quelle partie de moi-même me correspond vraiment. Le foot, que j'aimais ? Aurais-je commencé s'il ne m'avait pas forcé à prendre un ballon quand j'étais enfant ? Et Becca ? C'est le pire. Notre relation a été initiée par mon besoin désespéré de plaire à mon père. Oui, c'est parti de là, mon père est la raison première de toutes mes décisions.

Je ne sais plus quoi faire.

J'ai besoin d'un nouveau départ. De faire table rase pour savoir qui je suis.

Becca

Le lendemain matin, quand j'ouvre les yeux, la réalité me revient par petites touches.

Je porte toujours ma robe, pas mon pyjama. Le soleil filtre à travers les persiennes, la pauvre robe est toujours pleine de sang. J'en ai même encore sur les doigts… Ce qui prouve, malheureusement, que la soirée d'hier n'est pas un cauchemar fabriqué par mon cerveau pendant la nuit.

Je grimace en repensant au coup de poing que Brett a balancé à son père. Je ressens aussi une sorte d'oppression au souvenir de Brett s'éloignant de moi. Le plus étrange dans cette soirée ratée, c'est Jenny. J'ai accepté qu'elle me ramène à la maison, après, c'est le brouillard, comme si mon cerveau avait arrêté d'emmagasiner les informations pour éviter la surcharge.

On frappe à ma porte, ma mère passe la tête dans l'entrebâillement.

— Tu es réveillée ? Oui !

Elle entre, ouvre mon store, puis la fenêtre. Je proteste. Ensuite, elle sort des vêtements de la commode.

— Il est tard. Prends une douche et viens prendre ton petit déjeuner. Tu as de la visite.

Elle sort de ma chambre avant même que je puisse demander qui est là pour moi. Cela ne peut être que Brett. Autrement dit, il est en train de subir la montagne de questions maternelles. Je bondis hors du lit et file sous la douche. Je n'ai jamais été aussi rapide.

Moins de dix minutes plus tard, la robe sale est dans le panier à linge et mes cheveux ne sentent plus l'herbe mouillée, mais le shampoing à la pomme. Je me précipite dans la cuisine pour sauver Brett qui a déjà passé beaucoup trop de temps avec ma mère… Sauf que ce n'est pas Brett, mais Jenny, qui est assise en face d'elle.

J'en reste pétrifiée. Les deux se tournent vers moi et me dévisagent. J'ai l'impression d'être devenue un animal de zoo.

— Tu as faim, Becca ? me demande ma mère, comme si tout était normal, ce matin. J'ai préparé des pancakes à la banane, tu les adores.

Oui, je les adore, mais je suis trop chamboulée pour songer à manger.

— Jenny m'a raconté ce qui s'est passé hier soir, reprend ma mère. C'est terrible. J'espère que Brett va bien.

Génial. La nouvelle a déjà fait trois fois le tour de Crestmont.

— Je voulais m'assurer que tu allais bien, déclare Jenny.

Aparté : il aura fallu une tragédie familiale sur la place publique pour que Jenny me parle à nouveau.

— Tu avais l'air un peu choquée, hier soir, poursuit-elle. Tu n'as pas ouvert la bouche de tout le trajet.

Mon cerveau a encore du mal à intégrer ce petit déjeuner très inhabituel, quand ma mère, en actrice accomplie, regarde sa montre à grand renfort de gestes mélodramatiques, et annonce :

— Je dois vous abandonner, chères demoiselles. Le devoir m'appelle. Becca, quand tu auras Brett au téléphone, dis-lui de ma part qu'il est toujours le bienvenu ici. Ça ne doit pas être la joie chez lui en ce moment.

— OK, je transmettrai.

Puis, elle s'en va. Le silence retombe d'un coup. C'est gênant.

Jenny termine la clochette qui se trouve dans son assiette, avant de reprendre la parole.

— J'ai toujours aimé ta mère. C'est sympa qu'elle s'implique dans votre relation…

Ses yeux rencontrent les miens.

— Elle a fait beaucoup de progrès, ce gâteau est délicieux.

— Pourquoi tu es là ?

C'est sorti plus sèchement que prévu. J'avoue que je devrais au moins essayer d'être plus gentille avec elle. Je dois reconnaître que, grâce à elle, je ne suis pas restée en rade au bord de la route hier soir.

— Je te l'ai dit, je voulais m'assurer que tu allais bien après ce qui s'est passé.

— Pourquoi ?

Son visage se crispe.

— Je n'ai pas le droit de m'inquiéter pour toi ? Nous étions super amies.

— Il y a deux ans, oui.

Jenny se lève précipitamment.

— Désolée, je n'aurais pas dû. Je m'en vais.

— Non, attends ! C'est moi qui suis désolée… Reste, s'il te plaît. C'est juste que… C'est compliqué. Il y a eu hier soir, maintenant ce matin, plus rien n'a l'air normal.

— Je comprends, dit-elle doucement, c'est pour ça que je suis venue. J'ai pensé que tu aurais besoin d'un peu de réconfort et…

Ses mots s'évanouissent.

— Et quoi ?

— Je voulais te dire que tu avais raison : je n'ai pas été une bonne amie pour toi… Je ne m'attends pas à ce que tu me pardonnes du jour au lendemain, mais on pourrait peut-être… essayer de se réconcilier ? Si tu es d'accord, bien sûr… Ça m'a fait réfléchir, ce que tu m'as dit au bord du lac. C'est vrai que je suis devenue égoïste. Le pire, c'est que je ne sais même pas quand c'est arrivé. Je voudrais me rattraper.

Cette confession vient s'ajouter à la liste des bizarreries que je vis depuis vingt-quatre heures, mais l'idée de me réconcilier avec Jenny me plaît.

— Tu as reparlé à Brett ? ajoute-t-elle.

Zut, je n'ai même pas vérifié mon portable pour voir s'il avait écrit.

— Pas encore. Tu as des conseils à me donner ?

Jenny éclate de rire et pioche dans le plat de pancakes pour se servir.

— Pas cette fois, non ! Mais c'est dingue, quand même, pour ses parents, le couple le plus admiré dans cette ville. Il y a des secrets dans toutes les familles, n'est-ce-pas ? C'est trop bizarre.

— C'est bizarre aussi de te voir ici !

— Oui… Après deux ans. J'ai vraiment hésité, mais tu avais l'air tellement sonnée, Becca. Comme si ton esprit était parti dans un monde différent. Sans livre, cette fois-ci.

— Je devrais écrire un roman !

Jenny sourit, puis éclate de rire. La glace est rompue, le mauvais souvenir des deux années passées semble s'envoler.

— Becca, tu entends ? On dirait une sonnerie de téléphone.

Mon téléphone. Je cours dans ma chambre pour le récupérer. Le prénom de Brett est affiché à l'écran. Je pousse un énorme soupir de soulagement.

— Salut, Brett. Comment ça va ?

— Tu es chez toi ?

Sa voix est lointaine. On dirait qu'il conduit vitres baissées. Je lui confirme.

— Je peux venir ? J'ai besoin de te parler.

— Bien sûr.

Je retourne à la cuisine.

— C'était Brett ?

— Il arrive, oui.

— J'y vais, alors.

Jenny se lève, brosse les miettes de son pull et se dirige enfin vers la porte. Je me retiens de la pousser dehors pour qu'elle sorte encore plus vite. J'ai besoin de parler à Brett, de penser à lui. Mais voilà que Jenny s'arrête sur le palier.

— J'espère qu'il va bien, dit-elle. Mon père et le sien sont amis.

— Brett m'a dit que tes parents avaient meublé l'hôtel. Ils sont doués, c'est très beau à l'intérieur.

Un immense sourire illumine alors le visage de Jenny. Elle ne m'en avait plus adressé depuis deux ans.

— Merci, Becca !

Les portes de l'ascenseur s'ouvrent, Brett est arrivé. Il jette un coup d'œil à Jenny, marmonne dans sa barbe, puis entre chez moi. Je dis au revoir à Jenny et le suis à l'intérieur. Il n'est pas coiffé, ses yeux sont cernés : visiblement, il n'a pas fermé l'œil de la nuit.

— Il se passait quoi, avec elle ?

— Longue histoire, je te raconterai. Comment ça va ?

Je le prends dans mes bras et me blottit contre lui. Il me tapote le dos plusieurs fois, puis s'écarte de moi.

— Brett ? Tout va bien ?

Il évite de croiser mon regard.

— On peut parler ?

— Bien sûr.

Pour être sûre qu'on ne sera pas dérangés, j'emmène Brett au dernier étage de l'immeuble, où il y a un accès vers le toit. Il se laisse guider sans dire un mot. De là-haut, la vue sur la ville est spectaculaire, j'aime bien. Brett se tient près de moi, en évitant de me toucher. Ce n'est pas normal, mon sang se glace dans mes veines, pourtant il ne fait pas froid du tout.

J'attends qu'il prenne ma main, mais rien ne se passe.

— C'est mon coin depuis des années, ici, j'explique.

— Pour lire ?

— Non ! Pour réfléchir. J'ai toujours eu l'impression que voir le monde de loin réduisait mes problèmes. Ils paraissent moins effrayants… Tu es vraiment silencieux, aujourd'hui.

Brett a la même expression qu'hier soir : fâchée. Ses yeux scrutent la ville comme s'il cherchait des réponses inscrites sur les toits.

Je le trouve surtout de plus en plus distant.

— Mon père est rentré tard, hier soir, déclare-t-il brusquement. Je l'ai viré de la maison. Je lui ai dit qu'il ne pouvait pas rester avec maman et moi.

— Il t'a expliqué ce qui s'est passé avec cette femme ?

— Sa maîtresse, me corrige-t-il avec hargne. Il voulait, mais je l'ai empêché.

— Tu ne voulais pas savoir ?

Cela n'a aucun sens pour moi. Je donnerais n'importe quoi pour un semblant de réponse.

— Quand il s'est assis à côté de moi, je me suis rendu compte que ça n'avait plus aucune importance. Les réponses, la vérité, je m'en fiche. C'est trop tard, le mal est fait. Il paraît qu'il vaut mieux garder certaines vérités secrètes... De toute façon, c'est nul, ma vie est nulle. Ma mère ne s'est pas levée ce matin, elle croit que je ne l'entends pas pleurer, tu parles ! s'énerve-t-il.

J'aimerais lui dire à quel point je suis désolée, mais ma sympathie ne lui épargnera pas une seule once de douleur. Les mots sont vides, on ne panse pas un cœur brisé avec un seul bandage. Alors je prends sa main dans la mienne. Le vent plaque une mèche de ses cheveux sur son front, je la repousse doucement, attendant qu'il reprenne. Brett laisse échapper un long soupir.

— Je suis désolé de t'avoir abandonnée, hier soir.

— Ne t'en fais pas, Jenny m'a ramenée.

— Vous êtes de nouveau amies ?

— Je ne sais pas trop.

— Becca... Je ne suis pas seulement venu pour parler de ma famille. Je veux qu'on parle de nous.

Il lâche ma main. Je redoute ce qui va suivre.

— Une grande partie de ma vie était basée sur mon père. J'ai commencé à jouer au foot pour lui. J'ai choisi les universités de l'an prochain en fonction de celles qu'il aurait aimé intégrer. J'ai toujours eu l'impression que ma responsabilité était de vivre la vie qu'il avait choisie pour moi. Comme si ma naissance lui avait retiré ces opportunités. Ma vie ne m'appartient pas tout à fait, finalement. Je ne sais même plus si j'aime le foot ou si je me suis convaincu que je l'aimais.

— Tu vas quitter l'équipe ?

— Non, je ne peux pas faire ça à mes potes.

Brett se tourne enfin vers moi pour me regarder en face.

— Si seulement mon père n'avait pas fait ça... Becca, tu te souviens pourquoi nous avons commencé à sortir ensemble ? Moi, je l'ai fait pour lui. Mais je ne veux plus que notre histoire soit née à cause de lui. J'ai besoin de faire mon propre choix. Pour que ma vie m'appartienne à nouveau.

— Je ne comprends pas, je bafouille.

En réalité, j'ai très bien compris, mais je ne l'accepte pas.

— On doit se séparer, Becca. Arrêter cette fausse relation, le temps que je réfléchisse. J'ai besoin de temps.

C'est risible, j'ai l'impression de lire une réplique sortie d'un de mes romans d'amour. Les mots gagnent lentement mon esprit, ma gorge se serre, je vais pleurer, c'est sûr.

— Mais... Tu as dit hier soir que notre relation comptait, même quand on faisait semblant... Tu as dit que tu avais besoin de moi.

— Je sais, Becca.

Maintenant, c'est lui qui attrape mes mains. Ses yeux me supplient.

— Je te jure que je pensais chaque mot, reprend-il. Toi et moi, c'était réel, mais c'était aussi avant que tout ne change, Becca. Ma tête est en désordre, je n'arrive pas à démêler les nœuds.

— Donc ta solution, c'est de tout casser ?

— S'il te plaît, Becca, essaie de comprendre… Ne pleure pas.

Mes larmes redoublent. Je me sens tellement, tellement stupide. Cinq ans, depuis cinq ans je gardais mes sentiments enfermés au plus profond de moi, parce que je pensais que c'était mieux ainsi. Parce que je savais que je ne supporterais pas qu'une autre personne les piétine. Il m'a suffi d'une seule nuit pour changer d'avis, pour décider que ce serait peut-être bien de laisser entrer quelqu'un d'autre. Surtout si c'était Brett. Je voulais que ce soit Brett. Mais il ne veut plus. Et je ne peux pas l'obliger à rester.

Mes larmes ruissellent, incontrôlables. J'ai le visage en feu, je voudrais courir me cacher. Cette journée commence à peine, mais c'est déjà un désastre.

— Je suis désolée pour ton père, Brett. Je sais ce que c'est de se sentir trahi par l'un de ses parents, crois-moi. Je le vis depuis cinq ans. Mais je sais aussi ce que ça fait de fuir et de vouloir s'isoler du reste du monde. Cela ne fonctionne pas, au contraire : c'est pire.

— Becca, je…

— Tu devrais partir, Brett.

— Je suis désolé. Ça n'aurait jamais dû arriver. Je ne le voulais pas.

— Je sais.

Je sais aussi que ses sentiments pour moi ne sont pas suffisants, alors que les miens sont entièrement tournés vers lui.

Comme Brett ne fait pas mine de s'en aller, c'est moi qui pars. Je le regarde une dernière fois avant que les portes de l'ascenseur ne se referment. Le souvenir du départ de mon père surgit aussitôt. Tout comme celui de Jenny qui ne se souciait plus de notre amitié. Les images que j'essayais si fort de bloquer déferlent. Je me noie…

Non, je ne me laisserai pas faire. Cette fois-ci, c'est différent : c'est moi qui suis partie.

★

Mes sentiments ont commencé à évoluer au fil de la semaine. D'abord, j'ai compris que me planquer dans ma chambre n'était pas ce qu'il y avait de mieux comme réaction. Ensuite, éviter Brett au lycée nuit à ma santé mentale, c'est épuisant de devoir systématiquement jeter un coup d'œil dans chaque couloir que j'emprunte ou d'aller déjeuner derrière le terrain de football juste pour ne pas le voir. Bref, mes livres ne m'ont pas préparée à cela.

À propos de mes livres, c'est sur eux que j'ai dirigé ma colère (Brett ne pouvait pas tenir ce rôle, n'est-ce pas). Je ne supportais plus ces histoires de couples amoureux à la plage, à la montagne, dans les parcs d'attractions, dont le seul souci est de prendre du bon temps alors que moi, je suis au fond du trou. Rien dans ces pages ne traite de relation simulée. Ou n'explique comment remonter la pente lorsque le faux monde que l'on s'est créé s'effondre misérablement. Pourquoi n'ai-je pas trouvé de livre sur la façon de gérer une fausse – mais très réelle – rupture ?

Existe-t-il seulement ?

Le pire, je trouve, c'est le temps que j'ai perdu à lire toutes ces bêtises. Au début, c'était le but. Lire des histoires surréalistes, trouver du réconfort dans le fait que l'amour et le chagrin fictifs ne m'arriveraient jamais. Mais voilà, ça *m'est* arrivé. Me voici plantée là, devant tous ces romans, le cœur brisé par un garçon avec qui j'entretenais une fausse relation (ou presque).

Le gâchis colossal.

Ma mère entre dans ma chambre sans prévenir.

— Tu cherches un livre, Becca ?

— Non. Je vais les brûler pour regarder la romance partir en fumée.

— Tu es devenue folle ou quoi ? Tu adores ces livres !

— Adorais.

C'est du passé.

— Ma puce ! Qu'est-ce qui se passe ?

J'aurais pu lui parler de Brett, ma mère aurait trouvé les mots, mais cela me paraissait une montagne à escalader. Durant toute mon adolescence, elle n'a cessé de parler et poser des questions sur les garçons, attendant que sa fille tombe amoureuse et vive une romance de conte de fées. Ce n'est jamais arrivé. Elle a toujours pensé que je ne croquais pas la vie à pleines dents, que je m'empêchais d'en profiter pleinement. Alors comment lui raconter que j'avais enfin rencontré la bonne personne, mais que ça avait commencé de travers et qu'une fois le bateau redressé, il avait coulé aussitôt ? Le naufrage. Le grand chaos.

— Je n'ai pas envie d'en parler.

Je rentre la tête dans les épaules, prête à ce que les foudres maternelles s'abattent sur moi ou qu'elle déclare ouverte la séance de thérapie mère-fille. Mais au lieu de cela, elle me tapote le dos et ressort de ma chambre.

— Il se passe quelque chose, je l'entends murmurer. Elle veut brûler ses livres, tu te rends compte !

— Brûler ses livres ? Elle est devenue dingue ! s'écrie Cassie.

Depuis quand Cassie est-elle ici ? Oh, là ! là ! Je dois éviter qu'elles se liguent contre moi.

— Je vous entends, hein ! Je ne suis pas sourde.

La porte se rouvre brusquement, Cassie fait irruption. Elle se donne un air menaçant mais c'est un peu gâché par le sucre en poudre collé autour de sa bouche.

— J'espère que Brett n'a pas rompu avec toi, merde alors ! Parce que j'ai attendu assez longtemps pour qu'il y ait enfin quelqu'un dans ta vie. Tu nous joues la tragédienne en détresse, maintenant ?

— Je ne suis pas actrice de théâtre.

— Si ! Ton meilleur rôle : l'huître ! Celle qui ne dit rien à sa mère ni à sa meilleure amie. T'es super chiante, Becca, les livres ont honte de toi. Tu ne les entends pas pleurer ? Regarde-les, les pauvres petits.

Elle saute sur mon lit, soupire comme une drama-queen et fait de grands gestes désespérés. Je dois me retenir pour ne pas éclater de rire.

— Euh… Ce n'est pas à cause de Brett, dis-je.

Cassie lève les yeux au ciel.

— OK, c'est un peu à cause de Brett… Genre, pas plus de vingt pour cent.

— Et les quatre-vingts pour cent, c'est pour quoi ?

— Les livres. Ils se moquent de moi.

Cassie pose la main sur mon front pour vérifier ma température. Je m'écarte d'elle.

— Arrête ! Oui, ça me rend malade de les voir. C'est de l'arnaque totale ! Avec leurs dénouements heureux, stupides, complètement faux. Toute l'industrie du livre est une gigantesque arnaque, Cassie. Pourquoi personne n'en parle ? C'est légal, une tromperie pareille ? Ils abreuvent les pauvres lecteurs vulnérables de mensonges sur l'amour, et nous, on adhère comme des moutons.

— Amy ! appelle Cassie.

Ma mère apparaît en moins de trois secondes sur le seuil. Ah, elle ne traînait pas loin.

— Prends le relais, ta fille est folle, lance Cassie à ma mère.

J'ai soudain une idée. Je cours à la cuisine, fouille dans le placard pour en sortir les sacs poubelles, les grands, ceux que ma mère utilise pour le recyclage. Cassie et maman, qui m'ont suivie, m'observent d'un air méfiant.

— Elle fait quoi ? murmure l'une.

— Aucune idée, murmure l'autre.

Je les ignore superbement, je retourne dans ma chambre et ferme la porte. L'opération nettoyage peut commencer. J'attaque mes étagères par les livres plus ringards. Poubelle. Ceux avec les fins heureuses rose bonbon, les promesses d'amour éternel. Beurk. Poubelle. Ceux qui m'ont fait pleurer. Ceux que je n'aimais pas vraiment mais que je lisais quand même parce que j'ai toujours été incapable d'abandonner un livre en cours de lecture. Lorsque le sac est rempli (et la bibliothèque presque vide), je noue les cordons et quitte l'appartement.

— Où tu vas avec ce sac ? crie ma mère.

— Je vous interdis de me suivre !

Je m'engouffre dans l'ascenseur. Mes bras commencent à me faire mal, c'est lourd. Mais ce n'est pas désagréable de sentir du poids ailleurs que dans mon cœur.

Je traîne mon sac de livres jusqu'au petit pont derrière chez moi. L'eau clapote tranquillement.

Cela me rappelle la soirée au lac des Amoureux avec Brett. Le baiser, les pieds mouillés et la traversée à califourchon sur son dos, le clair de lune qui se reflétait, tout semblait si parfait.

Saletés de livres. Aucun ne m'a préparée à la vraie vie.

Le truc bizarre, c'est que mon cœur n'est pas brisé en mille morceaux comme après le divorce. La douleur est subtile. Mais tout de même, ça fait mal.

C'est ma faute, j'ai encouragé mes propres espoirs. Parce qu'avant de rencontrer Brett, je *lisais* l'amour. Il existait dans les pages, c'était bien parce que c'était sûr. Puis, quand j'ai vu qu'il commençait à prendre forme entre nous, une partie de moi a commencé à se dire que l'amour n'était pas si mauvais, après tout. Peut-être que mes parents n'étaient pas un bon exemple. Peut-être que cela pouvait fonctionner pour d'autres personnes… qui s'appelleraient Brett et Becca.

Mais je me trompais. J'aurais dû rester pessimiste et garder toutes les serrures et les chaînes autour de mon cœur. Il n'y a plus qu'une chose à faire : j'attrape un livre à l'aveuglette, l'ouvre au hasard, le déchire en deux, puis jette une moitié à l'eau. Elle flotte un peu avant de s'éloigner lentement. Je respire en comptant jusqu'à cinq, puis je jette l'autre moitié. Elle coule à pic et disparaît… Parfait. Je ne veux plus voir, j'ai besoin d'oublier.

J'attrape un autre livre et le jette. Puis un autre. Encore un autre. Je continue, le sac se vide petit à petit. Alors que je déchire un livre qui raconte l'histoire d'une fille mourante dans le Maine, Jenny surgit de nulle part. J'entends sa respiration, on dirait qu'elle a couru.

— Bon Dieu, Becca, tu fais quoi ?

Je l'ignore et balance un autre livre.

— Tu pollues.

J'en jette encore.

— Les cœurs à moitié brisés sont égoïstes, ils se fichent de la pollution.

Jenny s'assoit près de moi, elle est en tongs. Ses ongles de pieds sont vernis en jaune vif.

— On m'a dit pour Brett et toi. Je suis désolée.

— Merci.

Je pioche un livre et le jette sans même prendre la peine de regarder son titre.

Jenny tend la main, paume vers le ciel, visage souriant. C'est logique qu'elle soit si populaire, elle est très belle, d'une beauté naturelle à faire pâlir d'envie.

— Donne-moi un livre, me dit-elle.

Je m'exécute. Elle étudie la couverture, le retourne plusieurs fois entre ses mains avant de demander :

— C'est pas celui que tu lisais en cours l'autre jour ?

— Celui dont tu t'es moquée ? Non. C'en est un autre.

— Ils se ressemblent tous. C'est quoi l'histoire ?

— Une histoire d'amour, tu sais bien.

— Ton histoire, Becca. Pourquoi tu l'as acheté ? Et quand ?

— Je ne sais plus, mais je l'ai lu une fois à Brett. Dans sa voiture.

Je reprends le livre et le jette à l'eau. Cette fois, je le regarde couler, je regarde le souvenir de cette nuit-là se noyer.

— Je sais que je fais du grand cinéma, mais ça me fait du bien. Avec ces livres, j'étais en sécurité. Dans un univers de papier où tout était possible… Après le divorce de mes parents, j'ai abandonné l'amour, je voulais surtout ne jamais tomber dedans, ne jamais le ressentir. Ces livres m'ont permis de le ressentir par procuration. Comme ça, je n'avais pas à m'inquiéter d'être blessée. C'est débile à dire, mais ils m'ont aidée quand rien d'autre ne le pouvait.

— Alors pourquoi tu les jettes ?

— Et toi ? Pourquoi ça t'intéresse ? On n'est plus amies depuis longtemps.

— Je sais ce que ça fait d'être seule. Et l'autre soir, à l'hôtel, tu avais l'air d'avoir besoin de parler à quelqu'un. Aujourd'hui encore plus, non ?

— Seule ? Tu n'es jamais seule, Jenny ! Tu as toujours une cour d'amis autour de toi.

Sauf le soir du lac, j'avoue.

Le sourire de Jenny se fait soudain plus triste.

— Je pensais que tout ce qui comptait, c'était d'être populaire. Avoir beaucoup d'amis, être invitée à toutes les fêtes, toutes ces conneries. Quand on m'a enlevé mon appareil dentaire et que ça – elle pose ses deux mains sur sa poitrine – a poussé, les garçons, et les filles aussi, m'ont regardée différemment. Comme si j'étais devenue digne de leur attention. Pff, c'était superficiel, ça, et ça l'est toujours, mais ça me faisait du bien. J'ai intégré l'équipe de pom-pom girls. J'ai accepté quand les mecs me demandaient de sortir avec eux... J'étais censée faire quoi d'autre ? Je vivais ma « vie de rêve ». J'étais heureuse, mais j'étais seule, Becca. Ces gens étaient peut-être des amis, mais pas comme toi et moi l'étions autrefois.

Elle jette un livre par-dessus bord.

— Je suis désolée d'avoir gâché notre amitié, déclare-t-elle. Désolée de m'être comportée comme si j'étais meilleure que toi parce que j'avais soi-disant plus d'expérience. Tu étais ma grande amie. Tu l'es toujours... Je suis contente qu'on se reparle. Tu pourrais accepter des excuses qui ont deux ans de retard ?

L'ancienne Becca, celle d'avant Brett, aurait dit non. Elle aurait accepté les réponses aux questions qui pesaient sur elle, mais elle aurait poursuivi son chemin. Elle aurait préféré perdre une autre personne car la vraie vie est effrayante et les livres étaient son seul refuge. Mais je ne suis plus cette fille-là, alors je réponds « Oui » et Jenny et moi, nous prenons dans les bras l'une de l'autre. Avec les réponses, est venu le pardon, et Jenny est la première personne de la liste.

— Il faut que je te dise un truc, Jenny : Brett et moi, c'était du pipeau, on faisait semblant d'être ensemble. C'était un vilain mensonge !

Waouh, ça fait du bien de le dire à voix haute.

Jenny est prise d'un fou rire.

— J'y avais pensé ! Passe-moi un livre, Becca !

— Et tu n'as rien dit ?

— On s'en fout ! Laisse les gens croire ce qu'ils veulent. Quatre-vingt-dix pour cent de l'école pense que je suis hétéro.

— Tu ne l'es pas ?

Elle déchire la couverture du livre et la jette avec une grimace.

— Non. Garde-le pour toi.

Évidemment.

— Mais, Jenny… Tous les garçons avec qui tu es sortie ?

— Je sais. Je me sentais obligée. C'est peut-être pour ça que je me vantais toujours, pour cacher un truc que je n'arrivais pas encore à comprendre… Becca, tu n'as pas répondu à ma question : pourquoi tu jettes tous tes livres ?

— Parce que ce qu'il y a dedans n'est pas réel. L'amour qu'ils racontent n'est pas réel.

Pour en finir, j'attrape le sac poubelle pour le vider d'un coup, mais Jenny crie, me l'arrache des mains en s'interposant pour le protéger de son corps. Je crois bien qu'elle me traite de tarée. Il faut dire que j'en ai l'air ; je respire avec difficulté, mes doigts me démangent, je veux un autre livre, je veux le voir se noyer. J'ai un rire démoniaque. Un rire de sorcière.

— Tu avais raison, Jenny. Depuis le début, c'est toi qui avais raison. Oui, les livres sont décevants.

Je m'allonge dans l'herbe pour regarder le ciel. La tête de Jenny apparaît dans mon champ de vision une seconde plus tard. Ses yeux m'analysent comme un puzzle à assembler. Comme s'il suffisait de trouver la pièce manquante. Je ne suis pas sûre qu'on puisse me réassembler, les morceaux sont éparpillés aux quatre coins de ma vie. Certains auprès de ma mère, d'autres auprès de Cassie. Il y en a même auprès de mon père. Et de Brett aussi. Maintenant, certains gisent dans le canal, sur des pages imbibées d'eau.

— Et si on avait tort toutes les deux ?

Je hausse un sourcil.

— Ce sont des livres, Becca, pas la vraie vie. Tu ne peux pas prendre ce que tu lis pour argent comptant et attendre que ça arrive comme par magie… Alors que Brett est réel, il est là, avec ses qualités et ses défauts. Un être humain, quoi.

— Peut-être.

— Ça fait une semaine qu'il se morfond au lycée. Tout le monde sait ce qui s'est passé entre ses parents. C'est vraiment dur pour lui. Je suis sûre qu'il a besoin d'un ami… D'une petite amie.

— Fausse petite amie.

— Allez, Becca, peut-être que c'était faux quand ça a commencé, mais ça s'est transformé entre vous, non ?

— Rends-moi mon sac.

Lentement, Jenny me le tend.

— Plus de pollution ?

— Plus de pollution.

— Tu parleras à Brett ?

— Oui.

— Je veux que tu sois heureuse, Becca, dit Jenny. Tu avais l'air heureuse avec lui.

— Je l'étais.

— Donne-lui un peu de temps. Laisse-le se concentrer sur sa mère, sur sa famille. Une fois que ce sera réglé de ce côté-là, il reviendra.

— Comment tu sais ça, toi ?

— Certains partent pour de bon, mais parfois ils reviennent.

— Comme toi.

— Exactement !

Je me lève, avec le sac en main. Il est raplapla, presque vide. J'envisage de le jeter pour le regarder couler, mais je me ravise. Peut-être qu'un jour je serai contente de ne pas avoir balancé tous mes livres. Ou peut-être que ce jour ne viendra jamais et que ces quelques livres resteront juste oubliés sur une étagère. On verra bien.

Je repars avec ce qu'il me reste, Jenny à mes côtés.

Une brise s'est levée et souffle à travers les branches. Il flotte une odeur de friture. De beignet. Une odeur de beignet au bord de la rivière ? Jenny ! Elle vient de sortir un sachet en provenance de la pâtisserie de ma mère.

— Je ne peux plus me passer des gâteaux de ta mère ! me confie cette gourmande en croquant un beignet de carnaval.

Brett

Mon père veut qu'on se lance dans une thérapie familiale. Il s'imagine que après quelques séances à trois, la pilule sera digérée et sa liaison oubliée. Que quelque heures assis sur un canapé à parler à un étranger résoudra la vie explosée en plein vol de notre famille.

Ma réponse est non. Mais ma mère ? Elle est archi pour.

Je me suis incliné pour elle. Nous voici donc tous les trois dans le bureau de la psychologue, Mme Kim, assis sur un divan. Elle n'arrête pas de prendre des notes. Mon père en est à son cinquième « je suis désolé » et son septième « j'ai fait une énorme erreur », et ma mère a déjà vidé une boîte de mouchoirs en papier. Moi, je n'ai pas ouvert la bouche. L'heure est presque écoulée.

La psy se tourne vers moi.

— Quelque chose te préoccupe, Brett ? Tu es resté bien silencieux.

— Rien.

Elle note.

— Tu n'as pas l'air content d'être ici.

Ma mère a fini par arrêter de pleurer. Je suis venu pour elle. J'aurais volontiers changé moi-même toutes les serrures de notre maison pour que mon père n'y remette jamais les pieds. Mais non, elle veut tenter le coup. Alors, si ça peut la rendre heureuse, je suis OK avec ça.

— Je ne voulais pas venir ici, dis-je en attrapant une balle anti-stress sur la table.

— Et pourquoi donc ?

Une question pour une question.

— On est là pour recoller les morceaux de notre famille, non ?

Elle fronce les sourcils.

— Tu penses que ta famille est brisée ?

— Oui.

Si elle est ennuyée par mes courtes réponses, elle ne le montre pas.

— Tu ne veux pas la réparer, justement ?

Je soupire.

— Si.

Elle sourit en griffonnant dans son carnet.

— C'est un bon début, Brett. À ton avis, quelle est la première étape pour y arriver ?

— Il doit partir définitivement de la maison.

Mon père se prend la tête entre les mains. Ma mère veut intervenir, mais la psychologue l'en empêche.

— Laissez-le finir, s'il vous plaît. Brett, tu penses que le départ de ton père réparera ta famille ?

— Ce serait un début, oui.

Satisfaite, elle écrit avant de se tourner vers mon père.

— Qu'en pensez-vous, Thomas ?

J'ai pris l'habitude de fermer les écoutilles chaque fois que mon père parle. Pour m'aider, je me concentre sur la balle anti-stress. Puis je regarde la pièce, les tableaux, les diplômes accrochés aux murs. Il y a beaucoup de plantes, comme si quelqu'un avait lu un livre sur la façon de rendre une pièce accueillante. Dommage que ça ne fonctionne pas : je n'ai qu'une envie, c'est de m'enfuir en courant.

Apparemment, c'est terminé, la psy a refermé son carnet.

— Notre temps est écoulé pour aujourd'hui. On se revoit la semaine prochaine.

Mes parents lui serrent la main, un rendez-vous est pris avec la secrétaire, puis on s'en va.

Pour rentrer à la maison, on en a pour une heure de route. Je ne sais pas s'il n'y a pas de conseillers familiaux à Crestmont ou si mon père a fait exprès d'en choisir une en dehors pour qu'on ne le voie pas y aller. Ah-ah, ce serait encore un secret de la famille Wells sur la place publique !

Le trajet est silencieux, je n'entends que le reniflement de ma mère et le bourdonnement de la radio. La tension est palpable. Comme j'ai du mal à respirer, j'ouvre ma vitre pour pencher la tête dehors. Si seulement c'était juste un cauchemar… J'ai encore du mal à y croire. Je jette un coup d'œil à la silhouette de mon père, à celle de ma mère, puis à la plage entre les deux, là où leurs mains reposent, habituellement enlacées. On dirait plutôt que l'espace s'est agrandi.

J'aperçois le visage de ma mère dans le rétroviseur. Ses yeux sont fermés. Elle dort très mal depuis la grande scène. Elle passe tout son temps dans sa chambre, la porte entrouverte, mais elle ne dort jamais. Je me mets une alarme la nuit pour me réveiller et la surveiller. Parfois, son lit est vide, je la trouve en bas, dans le salon, devant l'écran de télévision. La plupart des nuits, elle est allongée dans son lit en train de pleurer. Dans ces moments-là, je m'allonge à côté d'elle. Elle ne dit jamais rien, se contente de cacher la boîte de mouchoirs et de me tenir la main jusqu'au lever du soleil. Je suis arrivé à un point où je ne fais plus la différence entre vivre et survivre. Il n'y a aucun moyen pour que notre vie de famille revienne à la normale. J'ai même oublié à quoi ressemblait la normalité.

Mon père se gare devant la maison. Je sors de voiture et vais m'assoir sur les marches du perron. Je les regarde se parler. Ils me regardent aussi. J'ai peur que mon père essaie d'entrer au lieu de retourner à l'hôtel… Non, c'est bon, seule ma mère sort de voiture.

La maison est calme. Sinistre, même. Je suis ma mère jusqu'à la cuisine, je la regarde se verser un café. Elle a maigri. Quand s'est-elle alimentée pour la dernière fois ? Je commence à lui préparer un sandwich. C'est mon boulot maintenant, prendre soin d'elle. Elle n'ouvre pas la bouche, s'assoit à table et fixe la tasse, sans boire. Quand je place l'assiette devant elle, elle lève les yeux vers moi.

— C'est quoi ?

— Tu as besoin de manger, maman.

Elle me tend une moitié de sandwich, une offre silencieuse. Elle ne mangera que si j'en fais autant. Moi, je crève de faim, alors je mords dans le pain. Elle se force.

Nous mangeons en silence.

— Ton père aimerait rentrer à la maison.

Je prends une profonde inspiration, je ravale ma colère.

— Et toi, maman ? Tu veux vraiment ?

— Je veux ce qui est le mieux pour toi, Brett. C'est tout ce que j'ai toujours voulu.

— Tu aurais pu m'en parler, maman. Tu n'aurais pas dû garder ça pour toi tout ce temps.

— Ah... Brett, tu aimais tellement ton père, je ne voulais pas te l'enlever. Et c'est mon boulot de te protéger.

— Tu l'aimes toujours ? Même après ce qu'il a fait ?

— On n'arrête pas dix-huit ans d'amour à cause d'une erreur, Brett. L'amour est complexe.

Elle se lève, contourne la table, puis m'étreint avant de quitter la cuisine.

— Maman ? Je peux changer les serrures, s'il te plaît ?

— Si tu veux.

OK, premier point. Cependant, même si j'exclus physiquement mon père, il sera toujours là. C'est ça, le pire.

Ma vie a été secouée par un tremblement de terre, j'oscille entre le chaos de la maison et le foutoir du lycée. Plus de père, plus de Becca, je ne sais pas ce qui est le pire.

C'est ma faute, je lui ai demandé de l'espace pour réfléchir. Mais je n'avais pas réalisé qu'en lui demandant de ne plus être ma copine, on cesserait aussi d'être amis. J'ai tout foutu en l'air. Becca était la seule personne à qui j'avais envie de parler. La seule qui me comprenait. Elle m'évite le plus possible, maintenant. Ce que je lui ai dit sur le toit a creusé un gouffre entre nous. Elle ne me regarde même plus. Ni pendant les cours, ni pendant le déjeuner, ni plus jamais. Elle a même cessé de s'installer à notre table.

Je l'ai cherchée, les premiers jours. J'ai fouillé la bibliothèque, les couloirs, mais elle devait se cacher dans un repaire qu'elle ne m'a jamais montré. Une seule fois, en anglais, nos regards se sont croisés quand Miss Copper m'a demandé de rester après le cours. Ça a duré une seconde à peine, puis Becca s'est précipitée dans le couloir.

— Brett, tu n'ignores pas que les membres de l'équipe de football doivent maintenir une note au moins égale à B dans chaque matière pour continuer à jouer, m'a dit Miss Copper.

Elle a sorti mon essai sur *Roméo et Juliette*. Un grand F rouge s'étalait dans le coin supérieur droit. Cette semaine est une succession des plus mauvais moments de ma vie. J'aurais voulu lui expliquer pourquoi mon travail était aussi mauvais. Pourquoi je suis tellement occupé avec ma mère que je n'ai plus le temps de faire mes devoirs. Comment j'ai passé un week-end horrible, perdu mon temps avec une psy, lui dire que je dors à peine trois heures par nuit parce que je veille : je refuse que mon père en profite pour se glisser dans la maison.

Au lieu de tout ça, je suis resté planté devant elle comme un con, en essayant de ne pas pleurer comme un gros bébé.

— Ta moyenne a chuté à C, Brett. J'ai informé ton entraîneur, tu vas devoir arrêter les matchs jusqu'à ce que je constate une amélioration.

— Promis, je vais remonter.

Cette fois, ce ne sera pas pour faire plaisir à mon père, mais parce que toute l'équipe compte sur moi.

— J'espère bien.

Elle a un drôle de regard. Le même que les autres profs depuis le début de la semaine. Becca avait raison : l'école entière est au courant pour mes parents, c'est nul.

— Brett, si tu as besoin de plus de temps, dis-le m…

— Non, merci. Au revoir, Miss Copper.

Je déteste qu'on me traite comme une chose fragile, qu'on me parle comme à un enfant. Le seul qui reste égal à lui-même, c'est Jeff. Il m'attend dans le couloir, les yeux exorbités.

— Merde, vieux, qu'est-ce qui s'est passé ?

— Je me suis planté au dernier essai, j'ai eu un F.

— Tu es suspendu de l'équipe ?

— Chut ! Non, je dois faire remonter ma moyenne.

— Prends un tuteur. On a besoin de toi dans l'équipe.

— Je sais, mais il se passe trop de trucs chez moi. Je n'ai pas le temps pour un tuteur.

— J'oubliais, pardon. Comment va ta mère ?

— Pas fort… Salut, Jeff, j'ai cours.

Je n'aime pas parler de ma famille en public.

— Brett, ça va ?

Jeff me retient par le bras.

— T'inquiète.

— Tu peux me parler, on est meilleurs amis… Je te jure que je ne dirai rien aux autres.

Il y a trop de monde dans les couloirs, trop de regards sur nous. Je ne peux pas lui parler. Pas maintenant. Plutôt jamais, même. La seule personne à qui j'aimerais me confier, c'est Becca, et je l'ai perdue.

— Je vais bien, merci, Jeff. À plus.

Je file vers l'escalier.

Peut-être qu'à force de me répéter que je vais bien, je finirai par y croire.

Becca

La renaissance de mon amitié avec Jenny m'a donné des ailes et rouvert les yeux. J'ai compris qu'ignorer Brett n'était pas la meilleure façon de gérer mes problèmes. Au contraire, cela ne faisait qu'élargir la distance entre nous. J'ai décidé qu'il était temps de reprendre les rênes de ma vie et de parler à Brett. Il avait besoin de temps pour réfléchir, il a eu une semaine entière, c'est beaucoup, non ? Il a forcément abouti à une conclusion sur ses sentiments envers moi, alors, qu'elle soit positive ou négative, je me sens prête à l'apprendre. Ça suffit, mes pleurnicheries, je dois agir.

Donc, en ce lundi matin, j'entre en cours d'anglais la tête haute et avec un objectif très clair.

Le siège de Brett est vide.

Ma détermination et mon optimisme redescendent en flèche. Génial, le début de journée.

J'essaie de prêter attention à la leçon de Miss Copper, mais mes yeux ne cessent de dériver vers la porte, dans l'espoir que Brett se matérialise. L'heure s'écoule, je n'ai écrit qu'une seule phrase. Aïe.

À midi, je déjeune à notre table habituelle. Un choix forcément pathétique, je me sens de plus en plus solitaire sans Brett. Je suis même obligée de jeter la moitié de mes frites parce qu'il n'est pas là pour en manger. Je surveille les portes, j'attends qu'il arrive. Pas de Brett. Il n'est pas au lycée, alors ? Un nœud se serre au creux de mon estomac, parce que Brett n'est pas du genre à sécher les cours. Il le ferait uniquement en cas de désespoir profond. Par exemple, si la situation a encore empiré chez lui.

J'aurais dû l'appeler pour prendre des nouvelles. Nous étions alliés dans le club des familles brisées. Et les alliés ne s'abandonnent pas.

À la fin des cours, je m'installe sous mon chêne, j'attends que l'entraînement de football commence. Les portes des vestiaires s'ouvrent, les joueurs en sortent au petit trot. Une certaine chevelure dorée devrait se pointer. J'aperçois Jeff, puis d'autres dont je ne connais pas les noms ou à qui je n'ai jamais parlé. Les portes se referment derrière l'entraîneur. Les joueurs s'échauffent. Brett est peut-être en retard.

Je sors mon manuel d'histoire et lis une page pour passer le temps. Un chapitre plus tard, Brett n'est toujours pas là. Pourtant, il a toujours dit qu'il ne quitterait pas l'équipe.

Au bout d'une heure et demie, les joueurs sont exténués. Ils s'aspergent le visage pour se rafraîchir. Brett ne les a pas rejoints. Je ramasse mes affaires, redescends la colline et me dirige vers le banc où se repose Jeff.

— Salut, tu sais où est Brett ?

— Tu n'es pas au courant ?

Un frisson d'angoisse me parcourt.

— Au courant de quoi ?

— Il est suspendu de l'équipe.

Ma mâchoire se décroche comme celle d'une marionnette. Jeff ajoute :

— Ce n'est pas permanent, juste le temps qu'il remonte ses notes. Brett ne t'a rien dit ?

Non, mais Brett n'a pas dit non plus à son meilleur ami que nous avions rompu.

— La dernière fois que je l'ai vu, il cherchait un tuteur pour se faire aider en anglais, ajoute Jeff.

Mon cœur cesse de battre. L'anglais, c'est ma meilleure matière, et Brett ne m'a rien demandé. *Qu'est-ce que tu crois, évidemment*, se moque une voix dans ma tête. *Tu te planques sous ta couette, tu l'évites depuis une semaine.*

Tais-toi, tais-toi, tais-toi.

— Ça va comment avec sa famille ?

Jeff donne un coup de pied dans une motte de terre.

— Je ne sais pas. Il refuse d'en parler.

Pas à moi, je suis sûre qu'il m'en parlerait.

— Tu crois qu'il est chez lui ? Je peux y être en vingt minutes si je me dépêche, je marmonne en regardant ma montre.

— Je t'emmène ! déclare Jeff. On a terminé. Laisse-moi juste me changer. Dans un quart d'heure au parking, d'accord ?

Super. Je fonce à mon casier pour récupérer le reste de mes affaires, puis repars l'attendre à l'entrée du parking. Je ne connais pas sa voiture. Le voilà.

— Suis-moi, dit Jeff en me guidant vers une vieille camionnette rouge.

On dirait que la tôle va partir en poussière tellement elle est rouillée. Marcher jusqu'à chez Brett me semble soudain une meilleure option.

— T'inquiète, Becca ! Ma voiture roule très bien ! déclare Jeff comme s'il lisait dans mes pensées. J'ai fait réviser les freins la semaine dernière.

C'est rassurant, ça ? Je monte quand même sur le siège passager (en piteux état). Le moteur hoquète, puis démarre dans un grand vrombissement. Pauvre de moi.

— Tu as déjà vu les parents de Brett ?

— Plein de fois, oui.

— Tu penses quoi d'eux ?

— Avant le… scandale, je les trouvais plutôt cool, normaux quoi. Ils avaient l'air de bien s'entendre, ils venaient nous voir aux matchs, tout ça. Je n'aurais jamais imaginé que son père… Personne n'imaginait un truc pareil. Surtout Brett, il admirait tellement son père.

— Et depuis que c'est arrivé, il ne t'a rien dit sur sa famille ?

— Brett n'aime pas s'étaler sur les trucs privés. J'ai insisté pour qu'il me parle cette fois-ci, mais non. Je ne veux pas le brusquer sur ce coup-là. C'est à lui de choisir… Voilà, on est arrivés !

Je bondis hors de son tas de ferraille.

— Merci, Jeff, salut !

Je cours dans l'allée qui mène à la porte d'entrée. Je frappe une première fois, puis prends une grande inspiration. J'expire. Je frappe à nouveau. Je commence à penser qu'il n'y a personne, mais non. La porte s'ouvre deux secondes plus tard. Brett est là. Son regard perçant me fait trembler de la tête aux pieds. Ma première pensée, c'est, *waouh, ce qu'il semble différent !* On dirait qu'il sort du lit, pas rasé, pas coiffé, les yeux cernés.

— Becca… Qu'est-ce que tu viens faire ici ?

— Tu t'es planté en anglais.

— Comment tu le sais ?

Il remarque alors la camionnette de Jeff.

— J'ai pigé, dit-il avec une grimace.

— Tu aurais dû m'en parler.

Pour ce que j'ai à lui dire ensuite, je reste le plus calme possible en me souvenant qu'il traverse un moment difficile.

— Écoute, Brett, je sais que tu m'as demandé de te laisser tranquille, mais il y a urgence, là.

— C'est juste une dissert. Je suis en train de la réécrire.

— Je peux t'aider ?

Il va refuser, me claquer la porte au nez, retourner dans sa bulle séparée de la mienne.

— Entre.

Je vais directement à la cuisine, je sors mon manuel, mon cahier, mes stylos, je les arrange proprement sur la table, ça m'aide à mieux penser.

— Montre-moi ton devoir, on va le corriger ensemble.

Je l'entends monter l'escalier, redescendre, puis plus rien. Quand je me retourne, il est là, immobile dans l'encadrement de la porte, et il me regarde.

— Brett ? Il y a quel…

— Rien.

— Tu peux bouger ton cul, qu'on s'y mette, s'il te plaît ?

— Tu as dit mon « cul » ?

— Assieds-toi !

Il lève les mains en signe de reddition, s'installe enfin, puis me tend son texte barré de rouge. En le lisant, je comprends pourquoi Miss Copper lui a collé un F. Ce n'est pas terrible du tout. Les idées s'éparpillent dans tous les sens, les citations ne sont même pas correctes.

— Tu as passé combien de temps là-dessus ?

— Euh… Une heure.

— Ça se voit. C'est tout embrouillé, Brett, tu ne démontres rien !

Il se tortille sur son siège, rabat la capuche de son sweat sur sa tête.

— Je l'avais oublié, j'étais crevé après la nuit que j'avais passée à veiller avec ma mère.

Je me sens soudain très conne.

— Oui, bien sûr. Désolée, Brett. Oublie ce que j'ai dit.

Je reprends ma lecture. Brett est silencieux, il fixe ses mains posées sur la table.

— Si tu préfères, on s'occupe de ça plus tard et on parle de ta famille. Tu veux ?

— Non, on le corrige maintenant.

On s'y met. Je lui montre les parties à reprendre en les surlignant au Stabilo ; les trois quarts des pages sont jaunes à la fin de cet exercice. On réfléchit à une nouvelle thèse, on rassemble les bonnes citations, je l'aide à exposer ses arguments. Deux heures plus tard, Brett a déjà réécrit l'introduction. Il tape à l'ordinateur, je regarde par-dessus son épaule. Il est nerveux, écrit de plus en plus lentement. Son attention baisse. Il ouvre soudain une nouvelle fenêtre pour chercher un livreur de pizza.

— J'ai faim. Pas toi ?

On passe les dix minutes suivantes à se composer la pizza parfaite. Brett est un amateur de viande. Pour moi, le principal, c'est qu'il y ait de l'ananas dessus.

— Avec de l'ail aussi ? me demande-t-il.

Je lui lance mon regard c'est-quoi-cette-question-de-ouf.

Une fois la commande passée, Brett se remet au travail. En feuilletant mon cahier d'anglais, je retombe sur mes griffonnages : le compte à rebours de dates jusqu'à la remise des diplômes. Un décompte que j'ai arrêté… depuis quand, d'ailleurs ?

Brett tourne l'écran de son ordinateur vers moi.

— Je peux écrire ça, tu crois ?

Brett est la réponse à ma question, il est la raison pour laquelle j'ai arrêté de compter. Parce qu'il remplissait mes jours d'espoir.

— Pourquoi tu souris ? s'étonne-t-il.

Je range rapidement le cahier dans mon sac.

— Moi ? Rien du tout. Laisse-moi relire ta phrase.

On continue en silence, puis l'esprit de Brett s'échappe de nouveau. Il tape, supprime, retape la même phrase. Heureusement, on sonne à la porte, c'est l'heure de la pizza.

Je mords dans une tranche, Brett commence par retirer un à un les morceaux d'ananas de la sienne.

— Pourquoi tu as commandé avec ananas si tu n'aimes pas ?

— Parce que tu aimes.

— Tu essaieras de manger de la glace à la barbe à papa un jour ?

— On verra !

— Cool.

Un petit sourire vient éclairer son visage.

— Becca... Tu déjeunais où, la semaine dernière ? Je t'ai cherchée partout.

— Tu m'as cherchée ?

— Oui.

— Mais je croyais que tu voulais de l'espace.

— C'était une grosse erreur. Tu es la seule personne que j'ai envie d'avoir près de moi. Alors, tu mangeais où ?

Oups.

— Derrière le terrain de foot.

— Tu allais aussi loin pour m'éviter ?

— Tu me l'avais demandé, Brett. Je respectais ta demande.

— S'il te plaît, Becca Hart, la prochaine fois que je te demande une connerie pareille, tu refuses, OK ?

— OK !

Brett se lève pour nous chercher des verres.

— Au fait, il n'y a que toi, ici ? Où est ta mère ?

— Chez ma tante.

— Et ton père ?

— À l'hôtel... On fait une thérapie familiale.

— Oh... Et c'est comment ?

— Inutile et ça coûte une fortune. Ma mère pleure, mon père répète qu'il est désolé et moi, j'attends que l'heure passe.

— Ma mère n'a jamais essayé le psy. Pendant quelque temps, je l'ai vue lire un livre sur le divorce. *Les Enfants et le divorce*, un truc comme ça.

— Ah ouais ? Et ça donné quoi ?

— La pâtisserie ! Apparemment, être rat de bibliothèque n'est pas génétique.

Je m'en veux de ne pas avoir apporté de gâteaux, cela nous aurait aidés à briser la glace plus tôt. Brett est maintenant tout près de moi, son regard est magnétique. J'ai toujours cru préférer son sourire, mais je me trompais, ses yeux sont encore plus beaux.

— Tu m'étudies ou quoi ?

— Pardon ! Je regarde tes yeux. Les filles en parlent tout le temps.

— De mes yeux ? Pas de mes talents au foot ?

— Non !

— Et toi, Becca, tu penses quoi de mes yeux ?

Je ravale cette boule bizarre qui monte dans ma gorge.

— Ils sont très beaux, calmes. Comme l'océan.

— L'océan est mortel quand il se déchaîne.

Brett l'est aussi. Avec lui, c'est dangereux comme au bord d'une falaise. Ou sur des montagnes russes qui n'en finissent pas.

— Ça te dirait qu'on aille faire un tour ? me propose-t-il alors.

— On n'a pas terminé ton devoir.

— Mais si, il est presque terminé.

Ça fait longtemps que je ne l'ai pas vu aussi enjoué, presque heureux. Je dirais oui à n'importe quoi pourvu qu'il garde cette bonne humeur.

On prend sa voiture pour aller en ville. Arrivés devant Finch, la seule librairie, Brett se gare, un sourire géantissime sur le visage.

— Il te manque un livre pour la dissertation ? je m'étonne.

— Noooon ! J'avais juste envie de te faire plaisir, Becca. Tu es venue voir mes matchs de foot, tu m'as accompagné à l'arcade, aujourd'hui tu m'aides à travailler. Que des trucs qui tournent autour de moi. Il est temps qu'on fasse quelque chose que tu aimes, tu ne crois pas ?

Comment refuser ! Je me jette dans ses bras.

— Merci, Brett ! J'adore ta surprise.

Ce que j'aime encore plus, c'est qu'il n'y a plus aucune distance ni gêne entre nous.

— On entre ?

Je me précipite à l'intérieur. Le magasin est vide, à part M. Finch, qui dort à moitié derrière son comptoir. Il me fait un petit signe de la main – je suis une habituée, c'est le moins qu'on puisse dire – puis je parcours les rayonnages avec Brett dans mon sillage. On flâne parmi les rangées de livres. Le temps est suspendu, c'est comme se perdre dans les yeux de Brett. Je lis à voix haute le résumé des ouvrages que je pioche, j'attends son avis. S'il hoche la tête, je l'ajoute à mon sac. S'il fronce le nez, je le remets sur l'étagère. Brett est très exigeant. Plus que moi. Je ne peux plus me le permettre, vu l'état désastreux de ma bibliothèque après le carnage commis dans la rivière. Ce qui, avec le recul, était un peu excessif.

— C'est quoi, le dernier livre que tu as lu ? je lui demande.

— *Roméo et Juliette.*

— On était obligés de le lire !

— Et alors, ça compte quand même !

On se dirige vers le comptoir avec un total de quatre livres.

— Tu les liras en combien de temps ? Plusieurs semaines ? me demande Brett.

Ah-ah, il me connaît mal !

— Une semaine top chrono !

— Trente-cinq dollars et vingt et un cents, annonce M. Finch.

Brett m'empêche de sortir mon porte-monnaie pour payer à ma place.

— Cadeau.

— Merci, Brett.

Il sourit encore. Une fois dehors, il m'empêche de retourner à la voiture en m'attirant vers un banc. Il s'assoit, tapote la place à côté de lui pour que je m'installe. Il fait un peu froid, le soleil s'est couché. Le vent soulève mes cheveux, Brett s'amuse à les emmêler encore plus et remarque que je porte la bague à la rose.

— Tu l'as toujours ?

— Oui ! Je l'aime bien.

J'aime un tas d'autres choses que je voudrais partager avec lui. Mais c'est comme si les mots s'échappaient de mon esprit. J'ai très envie de l'embrasser. Un vrai baiser, aussi réel que cet instant… Mais je ne sais toujours pas si pour lui, c'est réel aussi.

Je sursaute quand Brett me frappe le front avec son doigt.

— Toc ! Toc ! Qu'est-ce qui se passe là-haut ?

— Je pensais à ce que tu m'as dit à l'hôtel, l'autre soir : que tu ne pouvais pas décider si ce que tu ressentais pour moi était réel.

Un souvenir pénible. Brett grimace, apparemment il n'a pas décidé après une semaine entière à nous éviter et esquiver le sujet. Normalement, je suis championne dans l'art d'enterrer mes émotions. Mais la joie de vivre de Brett me donne envie de prendre une pelle pour tout déterrer. Ce que je ressens pour lui est positif, léger, chaleureux. Pas sombre comme avant. Alors pourquoi l'ignorer ?

— Je me demandais aussi si tu avais… pris une décision sur nous deux.

Brett s'agite, se rapproche de moi. Il n'y a plus que quelques centimètres entre lui et moi, mon cœur commence à jouer au ping-pong.

— J'ai beaucoup pensé à cette nuit-là, Becca. C'était le tsunami pour moi, mais tu étais, tu es, le seul point stable de ma vie.

Il se rapproche encore. Moi aussi.

— Tu sais ce que j'aime chez toi ?

— Quoi ?

— J'aime tes goûts horribles en matière de nourriture, j'aime ta lucidité quand tu regardes un film de vampires. J'aime quand tu te perds dans tes pensées, comme si tu vivais la moitié de ta vie dans ta tête. Et j'adore quand tu rougis chaque fois que tu me surprends en train de te regarder !

Mes joues s'enflamment aussitôt.

Nous sommes maintenant cuisse contre cuisse, genou contre genou. Je suis sans voix, mais réchauffée. Avec Brett si proche, mon cerveau tombe en rideau.

— Du coup ? je bafouille.

— Du coup, dit Brett en enroulant son petit doigt autour du mien, ça veut dire que tu me plais. Énormément. Et que j'ai été un gros crétin d'en douter. Beaucoup de choses ont changé dans ma vie, Becca, mais dans tout ce gâchis, tu es restée la constante. Et tu es celle qui revient toujours vers moi.

— Oui… Et donc ?

J'ai un sourire jusqu'aux oreilles.

Il enserre ma taille, me soulève du banc pour me poser sur ses genoux. Ma première réaction est de vérifier que personne ne nous regarde. Non, c'est bon, je peux me détendre. Je me niche au creux de son cou.

— On se donne une deuxième chance ? dit Brett. On ne fait plus semblant. Plus d'espace. Personne, entre nous. Je ne la gâcherai pas.

— Du vrai à partir de maintenant.

— Que du vrai, murmure-t-il avant de poser ses lèvres sur les miennes.

— Brett… Encore une question.

Il grogne.

— Si tu devais noter notre premier baiser sur une échelle de un à dix, tu dirais combien ?

— T'es sérieuse ?

— Très !

— Neuf sur dix ! Pourquoi ?

— Je pensais que j'étais la seule de nous deux à l'avoir ressenti comme ça… C'était mon premier baiser, tu comprends. Je suis contente que tu penses comme moi.

Brett caresse mes lèvres avec son pouce.

— Si on était dans un livre, tu l'aimerais comment, ton premier baiser ? murmure-t-il.

— Euh… Je n'y ai jamais vraiment pensé.

— Allez ! Je suis sûr que tu sais. Sous la pluie ? Avec des feux d'artifice ? Devant une librairie et sur un banc comme ce soir ?

— Oui !

Brett prend mon visage entre ses mains, doucement. Je ne vois plus que ces yeux d'océan mortel.

— Tu es géniale, Becca. Tu mérites un premier baiser bien plus beau que dans le couloir du lycée, avec des curieux partout.

— Un baiser sur un banc, sans personne autour de nous ?

— Oui... Ton premier baiser aurait dû être comme ça.

Et il m'embrasse. Je ne sais pas si Brett sent à quelle vitesse mon cœur bat, quand sa bouche rencontre la mienne, ou même s'il se rend compte du changement. Parce qu'à ce moment-là, tout change, le monde se reforme autour de nous deux.

Je ne me demande pas pourquoi mon cœur brûle quand j'enroule mes bras autour de son cou ni pourquoi il va se détacher de ma poitrine. Nous ne sommes plus qu'un, lèvres collées, mains, cœurs enlacés sous le ciel nocturne.

Je ne sais pas lequel de nous deux s'écarte le premier, mais c'est bien trop tôt. Mon cœur ne m'appartient plus entièrement. Il est partagé entre nous deux.

— Ça, c'était un onze, murmure Brett.

Je pense plutôt à un douze.

Brett

Elle est forcément quelque part.

Je fouille mon placard à la recherche de ma veste en jean noire, celle que je portais hier soir. Il y a un nouveau film d'horreur au cinéma, et vu l'obsession de Becca pour ce genre de trucs, je lui ai dit que je l'accompagnerai. La séance commence dans une heure et je ne trouve pas cette foutue veste.

Je tire un carton posé sur l'étagère, il tombe par terre, avec des cintres. Le souk s'étale dans ma chambre, on dirait un vide-grenier. J'inspecte le haut de l'armoire, alors que je sais parfaitement que la veste n'y sera pas, et tombe sur une boîte bleue. Ma chère boîte bleue. Je m'affale sur le lit et l'ouvre.

Rien n'a disparu. La première balle en mousse que mon père m'a achetée. Les photos Polaroid de nous deux à mes premiers matchs de foot, quand j'étais haut comme trois pommes. Mes anciens crampons, mes maillots, mes trophées : ma boîte à souvenirs. Je l'avais oubliée.

Ma mère entre dans ma chambre.

— Brett, tu ne m'entends pas ? Oh ! Qu'est-ce qui s'est passé ici ?

Je suis incapable de détacher les yeux de mes trésors. Sur une autre photo, mon père et moi, souriant à l'objectif. Il me manque les deux dents de devant, j'ai les cheveux longs. Je devais avoir neuf ou dix ans. Je sens encore la bonne odeur de l'herbe fraîchement tondue, le bras de mon père sur mon épaule. Il avait l'air si heureux. Si fier. Nous l'étions tous les deux.

Ma mère s'assoit près de moi.

— J'ai toujours aimé cette photo. Ton père parle souvent de cette journée-là. C'est l'une de ses préférées.

— À moi aussi.

Je pioche une autre photo. Ma mère est sur celle-ci. C'était ma deuxième année dans l'équipe de foot et le premier match que mes parents étaient venus voir. Ils étaient assis dans les gradins, j'entendais les encouragements de mon père parmi ceux de la foule. La photo a été prise juste après notre victoire. Elle était dans un cadre sur le bureau de mon père jusqu'à ce qu'il la remplace par une autre.

Ma mère pose la tête sur mon épaule. Elle se souvient de ce jour aussi. C'était comme dans une autre vie, dans une chronologie à la fois similaire et différente. Pour la première fois depuis le chaos, mon père me manque. La sensation de son bras sur mon épaule me manque.

— Je peux te poser une question, maman ? Si je n'étais pas là, tu ferais quoi avec papa ?

— Je ne comprends pas.

— Tu as dit que tu cherchais à me protéger, mais si tu n'avais pas à t'inquiéter de moi, tu choisirais quoi ? De lui pardonner ? De divorcer ?

Elle laisse échapper un long soupir fatigué. Je pose la tête sur ses genoux en serrant toujours la photo, ce rappel d'une autre époque.

— Je resterais avec lui, Brett.

— Pourquoi ?

— Parce que je l'aime toujours.

Elle le dit si facilement.

— Et parce que je le crois quand il dit qu'il est désolé.

— Comment tu peux être aussi sûre qu'il le pense ?

— Parce qu'il essaie vraiment, Brett. Il le montre pendant les séances de thérapie. Il veut que ça s'arrange. Regarde autour de toi, cette maison, cette vie, il a passé des années à travailler dur pour que toi et moi, on ait tout cela. J'aime ton père depuis l'âge de dix-sept ans, et pendant toutes ces années, c'est la seule erreur qu'il a commise. Comment décider si une seule erreur vaut la peine d'abandonner la vie entière que nous avons construite ensemble ?

Je me redresse, je la regarde dans les yeux et je vois combien elle l'aime. Combien elle veut être avec lui. Moi qui pensais que c'était dur pour elle parce que la vérité était sortie sur la place publique. Je me trompais. C'est dur pour elle parce que mon père est à l'hôtel, la personne qu'elle aime tant est loin d'elle, à cause de moi. Une décision que je lui ai imposée sous le coup de la colère. Je croyais la protéger alors qu'en réalité, je ne pensais qu'à moi.

— Tout ce que je veux, c'est que tu sois heureuse, maman. Alors, si tu veux que notre famille soit de nouveau réunie – je prends une grande inspiration –, je suis d'accord avec ça. Je retournerai avec vous chez la psy avec papa. Je ferai l'effort *pour toi.* Mais si tu décides de divorcer et de tourner la page, ça m'ira aussi. Je veux ce qu'il y a de mieux pour toi parce que ce sera aussi ce qu'il y a de mieux pour moi. D'accord ?

Je voudrais tellement qu'elle ne pleure plus jamais. Si cela signifie aller passer des heures dans le cabinet de Mme Kim et rouvrir la porte à mon père, je le ferai pour elle.

Je la serre fort dans mes bras. Si seulement tous les problèmes pouvaient s'envoler d'un coup.

— Ton père n'est pas un monstre, Brett. S'il l'était, tu ne serais pas ce que tu es aujourd'hui, avec un cœur gros comme ça !

Elle me prend la photo des mains et sort de ma chambre.

Un quart d'heure plus tard, je toque chez Becca. Ses yeux s'arrondissent quand elle ouvre la porte.

— Oh non, murmure-t-elle.

Elle est en pyjama. Pas exactement une tenue de sortie.

— Tu as oublié !

— Je suis vraiment désolée, Brett. Oh, là ! là ! j'aidais ma mère pour sa nouvelle recette, j'ai complètement zappé. Pardon. Entre, je vais m'habiller en vitesse. On a encore une chance d'être à l'heure avec les publicités avant le film, peut-être même que…

— Becca.

— Quoi ?

Je referme la porte et l'attire à moi.

— Parle moins vite !

— Oups ! Désolée !

Elle sent la vanille, du sucre est resté collé sur sa joue. Je le lèche d'un coup de langue. Sa mère arrive dans le couloir, Becca s'écarte de moi comme si elle venait d'être électrocutée.

— Brett ! Bonjour ! On ne sera pas de trop, tu veux un tablier ?

— Avec plaisir !

— Maman, on doit aller au ciné, grogne Becca.

— Aucun problème, madame, on a manqué le début de la séance.

Ce n'est sûrement pas ce que voulait entendre Becca qui marmonne dans sa barbe. J'entends « fiasco garanti ».

— Merci, Brett ! pépie sa mère. On était en train de se raconter le jour où ma fille a failli mettre le feu à la cuisine avec la dînette qu'elle avait reçue en cadeau de Noël !

— Racontez-le pour moi, madame Hart ! J'adore les histoires drôles.

Becca me frappe l'épaule pendant que sa mère a le dos tourné.

— Ça va pas la tête, siffle-t-elle entre ses dents.

— Très beau pyjama, Becca.

Je ne l'ai jamais vue aussi en colère.

— OK, OK, on fait quoi alors ? je demande.

Le comptoir est recouvert de plaques à pâtisserie, plateaux de cupcakes, ainsi qu'un moule circulaire avec un trou au milieu.

— J'essaie une nouvelle recette, Brett, m'explique sa mère en dosant des ingrédients.

— Elle veut mélanger du citron et du chocolat, me précise Becca.

— Miam, j'aime les deux !

— Moi, je dis que c'est pas possible de mélanger les deux, ronchonne Becca.

— On verra ce qu'on verra ! Je suis la reine des mélanges impossibles, s'amuse Mme Hart.

Becca

Le lendemain, Jenny me rejoint aux casiers après la dernière heure de cours.

— Je comptais passer à la pâtisserie pour acheter des clochettes. On y va ensemble ?

Je ne suis pas encore tout à fait habituée à ce que nous soyons de nouveau amies, j'ai l'impression d'avoir été transportée dans une autre dimension. Ou d'être revenue en seconde.

— Alors, Becca, oui ou non ? s'impatiente-t-elle.

— Oui, évidemment.

Marcher à côté de Jenny, c'est comme marcher à côté de Brett : impossible de faire dix mètres sans que trois personnes au moins s'approchent pour discuter. On réussit tout de même à quitter le lycée.

Dans Main Street, Jenny s'arrête de parler, les yeux rivés sur son portable.

— Un problème ? je demande.

— La copine de mon frère a rompu il y a quelques jours. Depuis, il n'arrête pas de publier des citations sur l'amour, c'est bizarre.

— Pourquoi elle a rompu ?

— Je ne sais pas. Mes parents ne sont même pas au courant.

— Tu as essayé d'en parler avec lui ?

— Parker est à l'université maintenant, il a deux ans de plus que nous. Il est la fierté et la joie de mes parents. Ils ont commencé à le former pour reprendre l'entreprise familiale quand il était en couche-culotte. Quand il entre dans une pièce, l'attention se concentre sur lui.

Elle a dû remarquer mon regard, parce qu'elle s'empresse de préciser :

— Non, non, je ne suis pas jalouse, ni une petite sœur négligée. Ça m'arrange que mes parents me laissent tranquille. Surtout pour choisir ce que je veux faire l'an prochain. Et toi ? Tu as décidé de quitter Crestmont-le-trou-à-rats ?

— Je ne sais pas encore.

— Pareil. Ça ne plaît pas à mes parents, ils aiment que l'avenir soit tracé au cordeau. Alors que moi, du moment que c'est ailleurs qu'ici, tout me va.

Il y a du monde à la pâtisserie, la file d'attente s'étire sur la moitié du magasin. Le visage de ma mère s'illumine quand elle nous repère toutes les deux. « Becca ! » appelle-t-elle en agitant les mains au-dessus de sa tête, comme si elle guidait l'atterrissage d'un avion.

Je la rejoins derrière le comptoir.

— Qu'est-ce qui se passe ? Encore tes dépliants ?

— Je l'espère. Un autobus est tombé en panne sur l'autoroute, maintenant tous ces gens sont coincés ici et ils meurent de faim. Occupe-toi de la caisse, s'il te plaît, je vais aider Cassandra en cuisine.

C'est vrai que les clients semblent fatigués et affamés, on dirait même que certains sont prêts à sauter par-dessus le comptoir.

— Je peux aider aussi, propose Jenny.

Ma mère la gratifie d'un immense sourire et lui tend un tablier Hart Cupcakes.

— D'accord ! Merci, Jenny, aide Becca.

— Je prends les commandes, tu mets en boîte, OK, Jenny ?

— À vos ordres, cheffe !

Une heure plus tard, la file de clients est résorbée, des emballages vides jonchent le sol, les tables et les chaises sont sens dessus dessous. Cassie est vannée, comme si elle venait de courir un marathon.

Quand la porte du magasin s'ouvre encore, on entend un soupir général.

— Bienvenue à…

Jenny m'interrompt.

— C'est mon frère, dit-elle en enlevant son tablier.

J'observe Parker, cheveux bouclés noirs, peau foncée, et le reconnais plus ou moins.

— Merci pour ton aide, Jennifer, dit ma mère en la serrant dans ses bras.

— Je recommence quand vous voulez. Salut, Becca, on se voit demain au lycée.

Elle rejoint son frère et les deux partent sans un mot de plus.

— C'était Parker ? Il a drôlement changé depuis le lycée.

Une famille avec deux enfants entre dans le magasin. Je prends leur commande, prépare leur plateau. Ils choisissent une table près de la fenêtre. Les enfants se barbouillent de gelée de fraise en mangeant, leur mère essuie gentiment leur bouche avec un mouchoir, sous le regard du père qui plaisante. La pyramide de paquets de sucre que le petit garçon a construite s'écroule, il éclate en sanglots. La maman ferme les yeux, fatiguée, peut-être. Le papa commence à la reconstruire, le petit sèche ses larmes.

Tout ça est si normal. Emmener ses enfants à la boulangerie, construire une tour. Même si l'un des parents est épuisé ou qu'un enfant explose en pleurs, l'impression de bazar est enveloppée d'un voile d'amour.

Je regarde maintenant Cassie qui balaie. Ses cheveux s'échappent de sa queue-de-cheval. Derrière la vitre, dans la cuisine, ma mère pétrit sa pâte, elle a de la farine sur les joues. Elle lève la tête, croise mon regard et me sourit.

Je regarde à nouveau la famille, prends conscience que tout n'est pas forcément conventionnel. La vie ne tient pas forcément dans une boîte à rebords propres et droits. Ce n'est pas grave si la boîte n'a que trois côtés, si le quatrième tient avec du ruban adhésif. Ce n'est pas grave si les coins sont bosselés, si un gros autocollant rouge marqué FRAGILE est collé sur le dessus.

Je retire mon tablier et me précipite dans la cuisine.

— Maman, je peux te laisser fermer avec Cassie ? J'ai un truc urgent.

— Bien sûr. Où tu…

— Merci, Maman !

Cela bouillonne en moi. Je me sens bien. Super bien. Dynamisée. En grande forme. Je sors avant même que Cassie ne relève les yeux de son balai. Je cours dans la rue, mes pieds empruntent ce chemin familier, qu'ils connaissent depuis cinq ans. Il n'y a plus de secret. À partir d'aujourd'hui, plus d'autocollant FRAGILE sur la boîte.

Je passe devant la librairie, l'église. Je traverse l'intersection qui mène jusqu'à chez moi. Je cours, cours, cours jusqu'à sa rue. Je m'arrête une minute pour reprendre mon souffle, puis je reprends ma course folle. Si je réfléchis trop, je risque de faire demi-tour et de laisser filer encore cinq ans. Non. J'en ai assez d'être coincée dans le passé tout en essayant d'avancer vers le futur.

J'ai accepté de tomber amoureuse de Brett. Je n'enferme plus mes sentiments, je les ai déterrés, mis en pleine lumière. Mais il reste encore un peu d'obscurité enfouie dans un coin. Encore des questions en suspens.

Je n'ai plus peur.

J'arrive devant la maison de mon père, je remonte l'allée, je frappe à la porte. Mon cœur bat très vite. Trop vite. J'ai du mal à respirer, à penser. La porte s'ouvre, sa femme se tient devant moi. Une petite fille se tortille dans ses bras.

— Becca, te revoici enfin.

Elle savait qui j'étais. Depuis tout ce temps, elle savait.

— Mon père est là ?

— Je m'appelle Maeve, et voici Pénélope, dit-elle en tendant la main du bébé. Très heureuse de faire ta connaissance.

Je lui serre la main.

— Mon père…

— Il est sûrement quelque part, le nez dans un bouquin. Je vais te le chercher.

J'ai un peu la nausée. J'ordonne à mon cerveau d'ignorer son commentaire sur le livre, pourtant je n'arrête pas de revenir dessus. C'est tellement bizarre qu'il y ait cette personne, cette énorme partie de qui je suis, vivant à quelques rues de chez moi. Je le sentais si loin toutes ces années alors qu'il était juste ici, à lire, rire, avoir un enfant, recommencer.

J'ai envie de repartir, mais je ne pourrai pas courir éternellement. Il faut que je reste. Pour moi, pour maman. Pour Brett. Pour nous. Pour l'avenir que je voudrais avoir, pour celle que je voudrais être.

Des pas se rapprochent. J'ai vu mon père de loin toutes ces années quand j'observais du bout de la rue. Maintenant, c'est différent. C'est réel. Plus de vies parallèles, une vraie collision.

Je vois les cheveux gris qui se mêlent à ses cheveux bruns. Les rides qui plissent le coin de ses yeux, la main qui porte cette nouvelle alliance brillante. Je n'ai jamais rencontré un étranger aussi familier.

— Becca… Je n'arrive pas à croire que tu sois là, dit-il en ouvrant les bras pour me serrer contre lui. Tu m'as tellement manqué.

Sa voix me ramène à chaque souvenir. Je ne bouge pas. Ses bras retombent.

— J'habite tout près, dis-je calmement.

Ses sourcils se froncent. Il paraît soudain plus vieux.

— Pardon ?

— J'habite à quelques rues d'ici. Si je te manquais tant que ça, pourquoi tu n'es jamais venu me rendre visite ?

Son visage s'affaisse.

— Tu as raison. Je suis désolé… Tu es devenue une adulte, tu ressembles tellement à ta mère.

Et c'est tout.

Cinq ans d'absence qui débouchent sur cette conversation inconfortable entre deux personnes qui ne se connaissent plus.

Mais, maintenant, je sais ce que je veux. Je veux être avec ma vraie famille. Avec ma mère. Brett. Cassie. Avec ceux qui ne m'ont jamais abandonnée.

— Je ne suis pas ici pour réparer notre relation. Je ne te veux pas dans ma vie, papa.

Papa. Le mot m'a échappé, pourtant il ne s'applique plus à lui.

Mon père a soudain l'air immensément triste.

— Je ne comprends pas, Becca. Pourquoi es-tu venue alors ?

Je prends une profonde inspiration, les mots qui sont restés coincés au fond de mon cœur depuis bien trop longtemps vont enfin sortir.

— Je suis ici pour te pardonner. Depuis cinq ans, je vis avec ce poids, il est là à cause de toi. J'ai essayé de t'oublier, j'ai essayé de te refouler jusqu'à ce que tu ne sois plus qu'un lointain souvenir. J'ai cru, j'ai espéré que ça fonctionnerait… Aujourd'hui, je suis amoureuse de quelqu'un. L'amour m'a fait réaliser à quel point tu m'avais fait du mal. Je ne peux plus vivre avec cette douleur. Je ne veux plus porter cette tristesse, elle m'empêche d'être la personne que j'ai envie d'être. Je… Je ne pourrai pas être cette personne si je te déteste toujours.

Les derniers mots que j'ai encore à dire sont les plus difficiles, et cela me brise le cœur de briser le sien.

— Je te pardonne de nous avoir quittées.

— Je ne suis pas certain de mériter ton pardon, Becca, murmure-t-il.

— C'est vrai. Mais je te l'accorde quand même.

Nous restons silencieux un moment. La pluie a commencé à tomber, je le remarque seulement. Une bruine fine. Les gouttes ruissellent sur ma veste.

— Tu es amoureuse d'un garçon ?

— Oui, dis-je en essuyant une larme sur ma joue. Un amour plus grand que dans n'importe quel livre jamais écrit.

J'ai soudain envie de continuer, de raconter à mon père comment est Brett, ce qu'il me fait ressentir.

Que celui que j'admirais sache tout sur celui que j'aime. Mais je me souviens aussi que le premier est sorti de ma vie. Celui qui se tient devant moi n'est plus le père que je connaissais il y a cinq ans. Il a perdu ce droit le jour où il a volontairement quitté la maison.

Il me reste une dernière question :

— Ça valait le coup ? Nous quitter pour ta nouvelle vie, ça valait le coup ? Tu es plus heureux ?

— Je ne sais pas comment te répondre, Becca.

C'est la réponse dont j'avais besoin.

— Au revoir, papa.

Il pleut fort, l'eau imbibe mes vêtements. Le chemin du retour me paraît durer des kilomètres. Je lève le visage vers le ciel et laisse l'eau me laver du passé. Me laver des souvenirs, de la douleur, de toutes ces questions qui me retenaient comme une ancre. Je souris alors qu'elles se disloquent. Pour la première fois depuis des années, j'ai l'impression que le poids constant qui pesait sur ma poitrine a disparu. Je respire librement. Je reprends ma course vers une autre route familière.

Je suis trempée quand je frappe à la porte de Brett, mais je ne peux m'empêcher de sourire. Je me sens si heureuse. Si normale.

À peine m'a-t-il ouvert que je saute dans ses bras, puis j'attrape son visage et l'embrasse follement, parce que maintenant, je sais que je veux avancer avec lui.

Il rit, me serre contre lui. C'est le soleil après les nuages.

— Salut, toi ! Attends, je te donne une serviette pour t'essuyer.

Il part en chercher une, puis m'enroule dedans en frottant énergiquement.

— Brett ? C'est qui ? demande une voix.

Sa mère.

— C'est Becca ! Tu veux regarder un film avec nous ? ajoute-t-il pour moi.

J'accepte avec plaisir. Quand nous entrons dans le salon, sa mère est là, sur le canapé, enveloppée dans une couverture. La télévision est sur pause. Un homme est assis près d'elle. Le père de Brett. Je jette rapidement un coup d'œil à Brett à la recherche d'une trace de colère. Non, il me sourit, il a l'air… d'accord.

— Papa, Maman, voici Becca, ma petite amie, dit-il en glissant son bras autour de ma taille.

Je serre la main de ses parents dans un état second.

— C'est un plaisir de te rencontrer enfin, Becca, déclare son père.

Il a les mêmes yeux que Brett.

— Pour moi aussi, monsieur Wells.

Je m'assois à côté de Brett. Sa mère relance le film en appuyant sur la télécommande.

— Brett ? je chuchote.

— Oui ?

— Tout va bien ?

— Je crois, oui.

Il y a une balançoire dans le jardin de Brett et plein d'autres trucs sympas dans sa maison. Une table en métal qui étincelle de blancheur, des jolis canapés avec des oreillers rembourrés et même une fausse cheminée avec des flammes bleues. Ce que je préfère, c'est la balançoire. J'adore regarder Brett se propulser en l'air.

Il a cessé de pleuvoir. Les parents de Brett sont partis dîner au restaurant. Nous profitons du soleil couchant. Depuis son jardin, la vue est superbe, dégagée. Aucune maison, aucun bâtiment, juste une grande étendue prolongée par des arbres. Le coucher de soleil est encore plus spectaculaire.

Habituellement, les couleurs apparaissent par touches de jaune, rose, orangé avant de s'assombrir et basculer dans le noir. Pas ce soir. On dirait qu'une main a enclenché le bouton « avance rapide ». Le ciel était bleu la seconde d'avant, puis rouge éclatant la seconde suivante.

Je ne sais pas pourquoi je suis obsédée par le ciel. Peut-être à l'idée du jour nouveau, d'un nouveau départ. Ou bien j'aime les contrastes, les nuances.

Quand le ciel est noir, Brett dit :

— Mon père va revenir à la maison.

Puis il m'attire plus près encore, mon dos se cale contre sa poitrine. Il porte un sweat à capuche gris, son odeur m'enveloppe.

— Miss Copper m'a rendu ma dissert. J'ai eu B. Grâce à toi, Becca.

— Non, c'est toi qui l'as rédigée.

Je n'ai pas raconté à Brett la visite à mon père. J'ai d'abord hésité, puis décidé de la garder pour moi. Pour une raison que j'ignore, j'ai envie de garder ce petit morceau secret.

Il se remet à pleuvoir. Je me lève pour rentrer, mais Brett m'en empêche. Il a ce sourire diabolique et se penche pour m'embrasser. On est abrités sous une petite couverture, mais le vent souffle et rabat la pluie sur nous. Les cheveux de Brett dégoulinent quand je passe mes doigts dedans. Je presse ma main sur son cœur, je le sens battre, si proche. Ses doigts dansent sur ma peau nue au-dessus de la ceinture de mon jean.

Je ressens tout, chaque petite once de frisson.

Je renverse la tête en arrière pour goûter la pluie sur mon visage. C'est la deuxième fois aujourd'hui. Des gouttelettes ruissellent sur le front de Brett. Ses yeux bleu marine brillent étrangement dans l'obscurité. Tout est doux, attirant, passionnant, chez lui.

Mon esprit revient à ce premier jour, quand j'étais assise sous le chêne derrière le terrain de football.

— J'avais l'habitude de ranger mes journées dans des cases. Celles qui valaient la peine que je m'en souvienne, et les autres, que je voulais oublier.

— Alors, aujourd'hui, tu la ranges où ?

Je n'ai même pas à réfléchir.

— Dans la case des inoubliables.

Ensuite, aucun de nous ne parle pendant un moment. On reste là, face à face. Il y a de la beauté dans la façon dont ses yeux regardent les miens, dans la façon dont nous nous collons l'un contre l'autre. Quand nous ne parlons pas, c'est magnifique aussi.

— Becca ?

Mon nom est si familier sur ses lèvres. J'écarte la mèche qui lui retombe sur les yeux.

— Je t'aime, murmure-t-il.

Mon cœur bondit hors de ma poitrine. Je suis sûre que si je lève les yeux, je le verrai passer devant la lune et les étoiles.

Quand il m'embrasse, je voudrais trouver des métaphores, des comparaisons : aimer comme… Aimer autant que… Mais je ne pense à rien d'autre que la sensation de l'avoir si près de moi. Je cherche des mots pour l'exprimer, je n'en ai pas. Ou alors c'est parce que je suis trop remplie de ce sentiment, quel qu'il soit.

Arrête de penser. Sens, ressens, éprouve.

Alors je me libère.

— Moi aussi, je t'aime.

Brett sourit. Les étoiles tombent du ciel et viennent se poser sur son visage. Son sourire est plus brillant encore.

— Toi aussi ?

— Oui ! Je ne l'avais pas compris avant aujourd'hui, mais oui, je t'aime, Brett. Tu me donnes de l'espoir, tu me rassures. Je ne me croyais pas capable d'aimer quelqu'un, je ne voyais que les inconvénients de l'amour. Tu as réussi à me montrer le bon côté.

Je pose ma main sur sa joue, je tiens son cœur dans ma paume.

Brett me regarde comme si j'étais le soleil autour duquel tourne son univers. Je n'arrive pas à comprendre comment j'ai atterri là. Comment, sur une planète avec des milliards de personnes dont les vies ne se croisent jamais, j'ai réussi à capturer le cœur du plus gentil, du plus beau, du plus doux.

Ses lèvres viennent à la rencontre des miennes. Mon univers explose en un million de fragments minuscules. Brett a le goût de la menthe poivrée, comme dans la cuisine de ma mère quand les bons ingrédients se mélangent en un seul.

Je ne sais pas comment nous nous retrouvons chez lui, ni comment nous montons l'escalier, ni encore comment nous tombons enlacés sur son lit.

Son corps est si nouveau pour moi, si parfait, mes mains traînent sur sa peau comme pour déchiffrer une carte, un territoire inconnu. Quand Brett tire sur ma chemise pour me la retirer, je me sens rougir jusqu'à la pointe des orteils.

— Ne sois pas gênée, Becca.

Ses yeux plongent dans les miens. Ils sont si sombres, si profonds, comme deux trous noirs. Je tremble comme une feuille.

— J'aime tout de toi. Chaque parcelle de toi, murmure-t-il.

Il dépose de petits baisers le long de mon cou. Je sens mon armure se fissurer, chaque mur que j'ai construit autour de mon cœur s'écroule. Ses lèvres les démolissent un à un, ses baisers dénouent mes nœuds. Et quand sa bouche s'écrase contre la mienne, toute résistance se brise. Les fragments s'envolent, il ne reste plus que Brett au-dessus de moi, mon soleil.

Brett

Ce soir, j'ai compris ce qu'il faut à Becca pour être heureuse. Ce n'est pas moi ni ses livres, c'est la crème glacée à la barbe à papa ! Quelle obsession chez cette fille.

Après sa douche, elle se rhabille en choisissant mes vêtements (elle nage dedans) et me demande :

— Tu as de la glace à la barbe à papa ?

— La maison ne fournit que des glaces de qualité, chère madame, mais… J'ai peut-être un truc qui te plaira encore plus. Attends-moi ici.

Je remonte dans ma chambre en courant, farfouille dans mon placard toujours en bazar, et le retrouve enfin, coincé derrière un tiroir. Le seul livre que je lisais quand j'étais enfant. Ma mère voulait que je lise pour contrebalancer les heures que je passais à jouer au foot, mais cela ne fonctionnait pas vraiment.

Livre en main, je dévale les marches, je saute par-dessus le dossier du canapé et atterris à côté de Becca, qui sursaute. Je place le livre sur ses genoux pour me faire pardonner.

— *Chair de poule* ? Pourquoi tu me donnes ça ? demande-t-elle en se calant contre moi.

— Attention, madame, tu tiens mon enfance entre tes mains.

Elle glousse en se cachant le visage dans mon précieux livre.

— Tu lisais ça ?

— Oui ! Ça, et seulement ça.

— C'est censé m'impressionner ?

Oui, mais pas sûr que j'y arrive.

— Tu l'as lu aussi ?

— Non.

Je me serre contre elle.

— Colle-toi plus près, je vais te le lire.

— Brett ! Je n'ai pas envie de lire ça !

— Et pourquoi, madame ? Parce que ce n'est pas une romance ? Taratata, je lis pour toi, tu dois juste m'écouter.

Becca lève les yeux au ciel. Un jour, ils resteront coincés comme ça, c'est sûr.

— Tu veux vraiment le lire pour moi ? demande-t-elle.

— OK, j'avoue qu'il y a des millions d'autres choses que je préférerais faire avec toi, mais tu me parles toujours de tes livres, alors pour une fois, on pourrait essayer un des miens.

Je commence à lire. Quand j'en suis au deuxième paragraphe, elle m'interrompt :

— Ça fait peur ?

— C'est une histoire pour enfants, je croyais que tu n'avais jamais peur, Madame-Sans-Peur.

Elle m'écrase son coude dans les côtes. Ouille.

— Oui. Mais les mots font plus peur que les images.

— Tu es sûrement la seule personne sur cette planète qui pense un truc pareil.

— Les images défilent et disparaissent. Les mots sont différents, ils construisent tout un monde autour de toi. Tu ne les regardes pas, ils pénètrent dans ton esprit. C'est beaucoup plus effrayant.

— Euh… Je n'ai rien compris !

— Ça fait peur, oui ou non ? soupire-t-elle.

— Non. Et de toute façon, je te protègerai si tu as peur ! Je peux continuer ?

— Tu as l'air super motivé, dis donc.

C'est vrai. J'adore l'idée de partager avec elle ce livre qui était important pour moi. J'enroule mon bras autour de sa taille pour qu'elle soit bien lovée contre moi et je reprends ma lecture. Je suis content qu'elle ne fasse aucun commentaire sur les tremblements de ma voix. C'est un peu pathétique, mais sa présence m'intimide.

Quand j'en suis à la moitié du cinquième chapitre, Becca laisse échapper un long soupir qui fait voler ses cheveux autour de son visage. Elle se détend, s'autorise à respirer. Sa tête vient se nicher au creux de mon cou. Je sens ses lèvres effleurer ma peau, je sens son souffle. Sa main glisse sur ma poitrine, s'arrête sur mon cœur. Elle la laisse là. Je continue de lire.

— Brett ?

— Oui ?

— Ça fait trois fois que tu lis la même phrase.

Ah oui ?

— Désolé. J'ai du mal à me concentrer avec toi !

Son souffle continue de chauffer ma peau, d'attiser la braise.

— Oh.

Elle relève la tête, pointe le menton, ses yeux croisent les miens. Ils sont plus sombres, comme après l'orage, quand le ciel et l'océan se confondent, tourbillonnants. Je pourrais me noyer dedans… Je me noie dedans.

Je l'aime. Et là, dans l'obscurité de la pièce, seuls les mots semblent exister. Les mots, et mon cœur qui bat trop vite. Les lèvres de Becca sont trop proches. Ses paupières se ferment, son visage dérive plus près encore.

— Becca ?

— Oui ?

— Plus jamais de fausse relation ou de chiqué. C'est fini tout ça.

Ses sourcils se froncent. Je les caresse pour qu'ils se détendent.

— Pourquoi tu me le répètes ?

— Parce que je veux que tu saches que c'est réel.

Maintenant, je peux l'embrasser. Je suis transporté au bout du monde.

Ses doigts caressent ma peau, se glissent dans mes cheveux. Quand je la soulève dans mes bras, l'allonge sur le canapé, elle me laisse faire, sa bouche ne quitte jamais la mienne.

Sa main chaude effleure mon visage, descend sur mon épaule, mon bras, et s'arrête là, me tenant. *Bien, ne me lâche pas*, je pense.

— J'ai l'impression que le monde va exploser quand je t'embrasse, je chuchote.

— Alors laisse-le exploser.

C'est exactement ce que je fais ensuite.

Becca

Assise sous mon chêne, je regarde l'entraînement de football. Demain soir aura lieu le premier match de Brett depuis son retour dans l'équipe. Un événement. Ses parents seront là. Ma mère et Cassie viendront aussi. C'est tout de même bizarre que nos sphères convergent un peu plus. Mais je n'ai plus peur. Je m'habitue lentement à ne plus essayer de séparer ma mère et Brett avec une perche de trois mètres.

Ils forment tous les deux une grande partie de ma vie. Le mélange d'ingrédients ne peut pas faire de mal.

L'équipe s'entraîne depuis un moment maintenant (j'ai cessé de suivre au bout de la première demi-heure). Je lis, je suis ailleurs.

Quand je relève la tête, j'aperçois Brett qui court vers moi. Le soleil nimbe ses cheveux d'une teinte dorée. J'adore.

— Tu ne devais pas déchirer ton maillot et faire trois tours de stade pour ton fan-club ? je plaisante.

Il éclate de rire, se dresse devant moi, monopolisant tout le soleil.

— Ça te plairait, hein !

Puis il s'allonge près de moi, ferme les yeux et reprend son souffle.

— Les autres te regardent, je chuchote.

— Ignore-les, répond-il en me volant un baiser. Lis pour moi, s'il te plaît.

— Tu ne retournes pas t'entraîner ?

— C'est bon, j'en ai fait assez pour aujourd'hui.

Il me retire le livre des mains, inspecte la couverture, jette un coup d'œil derrière.

— Je le connais, celui-ci. Tu ne l'as pas déjà lu, genre, une centaine de fois ?

— Vingt fois ! Aujourd'hui, ce sera la vingt et unième. Rends-le-moi.

Son sourire irradie. Il secoue la tête.

— Quoi ?

— Rien ! Lis pour moi, s'il te plaît.

— Pourquoi ?

— Parce que tu es ailleurs quand tu lis. Je veux y aller avec toi.

Nous restons assis, l'un contre l'autre, pendant que je lis à voix haute. Brett m'attire un peu plus près, me serre un peu plus fort et, cette fois-ci, nous nous échappons ensemble.

Remerciements

Commençons par le commencement :

À Wattpad et Episode Interactive, les communautés qui m'ont permis de trouver ma voie et ma passion pour les mots.

Aux lecteurs, qui sont tombés sur ce livre alors qu'il n'était rien de plus qu'une ébauche, publiée en ligne sous un titre différent. Ce livre est le nôtre, j'espère que vous l'approuvez, bien des versions plus tard !

À l'incroyable équipe Wattpad qui a travaillé pour transformer mon rêve en réalité. À Alysha, qui était avec moi à chaque étape de la route.

À Catherine, mon éditrice chez HarperCollins, qui a accepté une version très approximative et l'a saupoudrée d'un peu de magie.

À mes amis, vous savez qui, à ceux qui ont veillé tard avec moi pour réfléchir à des idées de titre. Qui ont offert leurs encouragements sans limites et m'ont aidée à écrire. Je n'aurais pas pu y arriver sans vous.

À Bella, Misty et Chico, les meilleurs compagnons d'écriture, et les plus poilus.

À ma mère, qui m'amenait à la bibliothèque chaque semaine. Et au reste de ma famille, qui n'a eu connaissance de ce livre qu'à la dernière minute. Je suis désolée. Eh, je vous ai dit que j'avais écrit un livre ?